太阳的青盐

王建民◎著

浙江工商大学出版社
ZHEJIANG GONGSHANG UNIVERSITY PRESS

图书在版编目（CIP）数据

太阳的青盐 / 王建民著. — 杭州 ：浙江工商大学出版社，2018.9
ISBN 978-7-5178-2898-3

Ⅰ．①太… Ⅱ．①王… Ⅲ．①诗集－中国－当代 Ⅳ．①I227

中国版本图书馆CIP数据核字(2018)第180279号

太阳的青盐

王建民　著

责任编辑	唐　红　李相玲
封面设计	小　虫　林朦朦
责任印制	包建辉
出版发行	浙江工商大学出版社
	（杭州市教工路198号　邮政编码310012）
	（E-mail：zjgsupress@163.com）
	（网址：http://www.zjgsupress.com）
	电话：0571-88904980，88831806（传真）
排　　版	杭州彩地电脑图文有限公司
印　　刷	杭州恒力通印务有限公司
开　　本	880mm×1230mm　1/32
印　　张	6.875
字　　数	160千
版 印 次	2018年9月第1版　2018年9月第1次印刷
书　　号	ISBN 978-7-5178-2898-3
定　　价	35.80元

总　序

　　新世纪已经走过了将近20个年头，相较于20世纪80年代和90年代的写作，汉语诗歌取得了稳固的进步。没有了80年代为强化诗歌的主体性与意识形态的激烈对峙，没有了90年代对语言与社会关系无止无休的辨析，新世纪的诗歌发展平稳而信心十足。经过了近40年的洗礼，诗人们普遍开始以平和的心态和深入的体悟，来面对时代的风云变幻。可以说，诗人们经过了朦胧诗和第三代诗歌对个体主体性的确立所付出的艰辛努力，经过了90年代个人化写作所积累的经验和想象力，写作技艺已日臻成熟，而新世纪最初10年的网络书写所开启的无中心性、无权威性的民主状态，再次使得诗歌回到其本然的起点——从个体生命的感知出发，面对对象，尽情展开，不拘一格，汉语诗歌的格局已经有了新的气象。

　　从新时期开始，为了确立自我的主体性，汉语诗歌曾经经历了一段异常艰难的时期。作为对现代性的某种抵抗和否定，现代主义诗歌尽管对辨识现代否定性的意识形态有所帮助，但并未在匡正后者方面取得成功，因为现代信仰体系及其概念已然能够对所有挑战它的行为进行过滤、塑造和转向了。在思想启蒙语境下高扬自我的朦胧诗的主体性便束缚于这种反对立场，无法实现本原性的展开，而主体性恰恰需要以其所对立的对象来定义和界定。其后的第三代诗歌及90年代中前期的个人化写作，再次采取反叛的姿态，对朦胧诗的代言式主体进行解构，试图恢复到日常生活的平面化上来，诉诸人的本能与下意识，解构、欲望和狂欢成为新的关键词，以消解意识形态对潜意识的符号化，可是事实证明，这同时带来的必然是批判精神的丧失。

　　然而，在这种精神自觉的向度趋于式微的情况下，少数重要诗人却在其对写作的先行探索中展开了自己对主体性的特别理解，既不同于朦胧诗以一种意识形态抵抗国家美学的主体性，又不同于其后普遍对狂欢化欲望书写的过度依赖，他们已经开始从单纯的解构走向建构。他们更重视此刻此地，能够从日常经验中发现事物的神秘性，他们更超越、更从容地对待过去，从而能与当下的生活没有阻隔地融合，而获得一种单纯的使偶然完美的能力。就他们而言，对于来自翻译的现代主义和后现代主义技巧的遍历策略与实验，已不是他们之所需，传统与个人经验、词语与物、审美愉悦与道德承担、个人生活与公共世界之间的张力，已不再成为问题和阻碍，而是深入更广大的历史与精神空间的途径。尤其难能可贵的是，在将幻觉的启示、超验或抽象的动力注入经验的结构之时，诗人们往往对统一和总体化怀有清醒的自我意识，一种自我质疑的气质抵抗着从可见向不可见的过渡升华，而这样的自我意识，不但是文学，也是人格成熟的重要标志。对语言的社会力量和自我的建构性的重视，使得诗歌超出了以往简单的个人经验的塑造，从此，汉语诗歌开始真正走向建设性的成熟。

　　诗学理念的最高体现就在于诗歌文本本身，这也是本文库冠以"诗与诗学"之名的一个起因，同时也保留了某种开放性与可拓展性。文库集中收录沉潜于文本建设、秉承独立美学立场、精神取向高洁、人本与文本高度统一的优秀诗人的个人诗集和诗评家的诗学专著，凸显诗人们的综合实力与造诣，树立沉凝、高雅、大气的艺术形象。

马永波

序 一

说几句王建民

和王建民相识，应该是在1984年我从天津调回西安之后。

那时建民还在西北政法学院（现西北政法大学）就读，他们有一个诗社，邀我参加他们的活动，所以两个人是因诗相识，因诗结缘，至今已三十多年。回过头想一下那时候的建民和他们的诗社，恍若隔世，又恍然如昨。

清爽自然的建民，清爽自然的诗，会让人想起青海的"花儿"与水草。

建民毕业之后回到了青海，在出版社工作，我们的联系没有中断，还会有通信。那时候的通信都是手写的。还有文章，也是手写的。建民写过一篇《捅破的窗户》，是写我的诗的，即使不能算是长篇大论，篇幅也不小，在我看来已经很长了，且是认真的文字，有认真的考量。这一篇手稿至今还保存在我的书柜里。

我翻了一下20世纪80年代我做记录的笔记本，其中有几页文字，是从我给王建民的一封回信中摘抄下来的，大概是要留一个记录，说的也是诗。说到"象"，抽象、象征等，也许幼稚，但认真，证明着那时候的我们对于诗的虔诚。

1988年之后，我不再写诗，但并没有离开诗。和诗相遇，一定会有认真的阅读，也会有一些所谓的思考，至今都是。我以为王建民和我一样也中断了诗的写作，但应该也不会与诗绝交。

果然，最近读到他的诗作，都是近十年来的新作。我也因此知道，1990年至今，他并没有完全中断诗的写作。诗一直伴随着他。

他做过出版，也做过生意，我相信，他的出版和他的生意，以至于日常生活，都会有诗的或多或少的参与，所以，他至今也没有把自己倒腾到富翁的行列，但似乎也并不懊悔。这不懊悔里，应该也有诗的作用。

建民也写过小说，而且是长篇。有一本《银子家园》，现在还在我的书柜里。我认真读过这本小说，有价值的材料，诗意的叙述。我曾经向某大刊和某出版社推荐过，没有发表，我并不以为是这一本小说的遗憾，反倒以为遗憾的应该是刊物和出版社。中国每年有几千部长篇小说出版，有多少在出版之后不久又被化为纸浆？建民应该为他的《银子家园》感到庆幸。我不知道建民还有没有兴趣回望他的这一本小说，有没有兴趣对它做一些必要的修整。我相信，如果他有兴趣也愿意，这本小说会获得友谊的，而且，绝不会和化纸浆的搅拌机遭遇。

当然，也有很多珍贵的经典遭遇了被化为纸浆的命运，但这不是经典的耻辱，耻辱的是让它们变为纸浆的那个时代与国度。赫拉巴尔写过一本小说《过于喧嚣的孤独》，写的就是这个，已经成为当代小说的经典。

关于建民的诗，他曾经的《达拉积石山》是很好的诗，不仅对他自己，对青海的诗坛也是，甚至对中国当代诗也是。他之后的诗，尤其是那些有骨感有质感的诗，都和他曾经的《达拉积石山》有着渊源关系，血脉相通。

建民的诗还会不会继续？在我看来，这不再重要，重要的倒是诗意的生命。这样的生命不只是天生的，还有后来的自持。而这，我对建民却是有信心的。

为建民高兴。

他所在的高原，有其相对独立的自然历史、人文历史、宗教历史，有它的"花儿"，有它的水草，有它的石头，还有它的青稞酒。建民是不是比过去胖了一点？但胖与瘦并不必然意味着心胸的阔与窄，诗意的生命，有足够的空间拥有这一个"大块"，这大块高原的一切。

即使不能完全拥有，也可以是一支"花儿"。

我喜欢青海的"花儿"，词好，曲好，有味儿，耐听。

杨争光

2017年6月28日于老家乾县

（杨争光：诗人，一级作家，影视编剧，深圳市文联副主席。长期从事诗歌、小说、影视剧写作。十卷本《杨争光文集》的正式出版，是中国文坛的重要成果。）

序 二

大道至简

建民要出诗集了，这是他写诗30多年出的第一本诗集。作为老朋友，我为他高兴之余，心中也不免生出几分苍凉。建民出道甚早，曾经前程似锦，但由于坚持的诗歌立场与诗界流行风尚的抵牾，以及执拗和绝不通融的态度，与聚光灯下的诗歌现场渐行渐远，从此被人淡忘了，也被人忽视了。时下，许多习诗不久的诗人都可以在自己的诗歌履历中填写一连串眼花缭乱的书名，而建民迟至今日才有机缘将那些飘零在漫长时光中的诗篇聚拢，让那些失散已久的"孩子"团聚，这不禁让人唏嘘。

面对冷遇与漠视，建民倒是非常坦然，从某种角度来说，远离喧嚣置身边缘，在灯火阑珊处保持形单影只的身姿，恰是他自己的选择。20世纪80年代后期，风华正茂的建民在青海文学界非常活跃，他的《达拉积石山》系列陆续推出，引起了广泛关注，他首倡"河湟文学"流派，显示了青海文坛少有的一种文化自觉意识，当时，认识他的文友，无人怀疑他将在文学领域成就一番作为。但他厌恶呼朋引类、立门户拉山头的做派，本能地拒绝在自己的额头上粘贴某某主义的标签，坚持独立立场，撰文质疑已然蔚为大观的"西部文学"的真实性与可靠性，以一种决绝的姿态将可能纵深到主流诗歌场域的通道切断了。

90年代初，建民去职远游，无疑也是脱身嘈杂诗界的自我放逐。此后，他杳然无踪，隐身茫茫尘世。

直到前几年，他突然现身朋友面前的时候，曾经清爽的面孔已带上了岁月沧桑的缕缕擦痕。他说，这么多年，没有与任何诗歌的团体、刊物、媒介有过联系，连早年刊载了自己诗作的样刊都遗失了，但并未放弃写作，虽然随写随丢，却始终保持着对于诗歌的一份纯粹的热爱。容颜在变，情怀则始终如一。

我时常回忆起最初阅读建民诗作的感受。上世纪80年代初，在不同城市读大学的我和建民，经朋友介绍开始了书信交流。他来信的话题都是围绕诗歌展开，他参与的西安大学生的诗歌活动，对诗坛走向的认识，当然还有自己的写作。他偶尔随信寄一两首手书的习作，字迹工整端庄，一丝不苟，不难见出他对于诗歌的那份虔诚。他的诗作大多以乡土为背景，词语朴拙近乎口语，像游吟歌者唇齿间流淌的绵绵谣曲，感情内敛，不事田园景物的描摹，也没有致敬乡土的浮泛抒情，而是以简洁的白描裸露着乡村的骨骼，直接切入乡土人物沉静甚至有些麻木的生存状态，有一种类乎黑白照片的显影效果，这在当时是我有限的阅读经验之外的"异样"的乡土诗，所以印象深刻。

此后几年间，以《达拉积石山》为总题的系列诗作陆续问世，我意识到他随信寄来的习作实际上就是这个系列的雏形，显然他为建构文学地理学意义上的西部乡村已做了长时间的酝酿和准备。"达拉积石山"系列的写作与建民出身农家的乡村经验密切相关，他熟稔河湟谷地农人的行为方式和心理情态，对生长于斯的人们在与荒寒环境的厮磨中产生的悲苦与欣悦、无奈与希冀感同身受，因此，他勾描乡土风物和乡村生活状态可谓神情毕肖。比如《村口》一诗，黄昏时分，叼着烟卷的农人聚在村口，讲述村庄的前生今世，议论家长里短，最后，"我们扔掉烟头/望望天色/然后回家了"，这是已经苍老但世代依然在延续的一个乡村日常生活场景，不断重复，显现了生活的迟滞与凝固，却自有一番安宁惬意，是辛苦劳作人们的精神小憩。建民像是在一个固定的机位安放了一台摄影机，全程记录了村民的一次傍晚闲谈，但他似乎又是村人之一参与了谈话，"他者"观察与自我表述的双重视镜，使得这种书写非常接近于格尔兹"地方性"理论所强调的通过深度描绘来展示特定地域人群"自我世界"方法。

正是对场景、细节的精微拿捏，一个地方性特征鲜明的乡村形象得以呈现，以此而论，将《达拉积石山》纳入西部诗歌的范畴也不无依据。诗人、批评家沈奇在《当代陕西先锋诗选》序中就说过，建民的诗是"至今仍不失'前卫'或曰'先锋'的、真正西部味的西部诗，现代意识加古歌情味，那一种返常合道、务虚于实的诡异劲道，如新开封的老酒，啥时喝来啥时为之一醉"。然而，建民并不认为行政区划和地理方位的指认对诗歌精神的建构能够产生实际的效应，西部文学在强调自身自足性和完整性之时，在广袤的地域空间寻求共性，有着遮蔽个人化经验的危险，同时强调地域特性有可能人为地制造与更广阔世界精神文化创造的不可通约性，对这些潜在的陷阱，建民是颇为警觉的。

相比削足适履去顺应某个宣言或原则，他属意于借助个体的经验从人类学的视野思索人的生存本质，《达拉积石山》虽一望而知是建立在农耕基础上的西部山村的景观，表达的却是精神向度的体验与认知，如生老病死的生命节律："祖先总是丢下我们/睡在最肥沃的山坡/总会有女人生下我们/让我们走远路"（《高原》）；无始无终永远循环的时间："今天累了坐石头上/用不着思量明天/但可以等待后天/后天嘛就是再过两天"（《石头》）；人与大地须臾不能分离的关系："天亮就把脚放进土里/……脚下松软而温暖/蚯蚓在动/我们这样站着/没有脚印/没有谁喊我们远离"（《土地》）。

建民在诗歌中剥离着地域、时代、文化诸多因素的限定，力求穿过现象抵达本质，呈示人之本性与生命的真实状态。当然，作为土地的儿子乡村的后裔，在看似不动声色的吟唱中，也隐含着对无助挣扎在历史与现实旋涡中艰辛的农人命运的悲悯。

结束了自我放逐，重返人们视野的建民，依旧关注着乡土，然而此时的乡土已经在高速运行的城市化进程中变得面目全非。有感于乡土的陷落，他把一份痛惜注入组诗《达拉积石山辞典》。相比以往，这组诗的现实感增强了，忧患感更加浓重，那种尖锐的痛感得到了更充分的表达。

《绝对的骨头》一诗，表现把祖先当作力量和慰藉的人们，总是折腾祖先，使亡灵不得安宁，"山里的坟墓/骨头的戏楼//我们缺了啥/就去翻腾祖坟"，"阴宅"古老习俗中，死者为大、入土为安的部分已被弃如敝屣，而阴宅能给后代助力的部分被无限放大，人类如今的急功近利，连坟墓里的祖先都不放过。建民不是为诗意乡土的消失唱挽歌，不是将乡土视作精神的图腾而为其的坼裂慨叹，而是关注着快速变换容颜的乡村里那些不断被外在的力量拨弄的人的命运，袒露长期以农业为本的社会中作为基石的农人事实上被漠视始终处于"缺席"状态的境遇。建民在《达拉积石山辞典》的写作中依然恪守诗歌的本分，做生活的呈现者而非判断者，但借用后现代批判、解构、颠覆等特性来曲折表述农人面对传统坍塌时精神挫折感，其中包含的驳难、质疑的反思品质，既可见出建民惯常穿透表象直达事物内核的锐利眼光，也可以看到一个"地之子"的情感本色，同时显示了他解读现实、处理现实的能力。建民说，《达拉积石山辞典》是《达拉积石山》系列的收官之作，这是否意味着不再具有完整形态的乡村已经无法唤醒他的诗情了？

第一辑"达拉积石山"系列是诗集《太阳的青盐》中写作时间跨度最长、最为人熟知的一部分，而另外两辑则显示了建民思想和生活触角的多维性。第二辑"雪花飘飞的理由"建构了藏地草原的背景，但依然不是对草原风物与生活的直观性描述，而是从滚滚红尘中遁逃面对宁静草原内心感悟的表达，是灵魂与草原所喻示的信仰、人性、自然深度融合之后返璞归真的纯净歌声，这些诗篇在古歌谣曲般的语式中充盈着天真稚趣，"我不用鞭子/鞭子能驱赶那些山吗/能赶我上天堂吗"（《牧》），"高山那边的人呐/没有水没有月亮/他们的月亮在木桶的水中/他们的木桶散碎了"（《土坎那儿》），"客人说帐篷后的小河/缠绕在玛尼石上"（《水缠绕在玛尼石上》），诗句拙扑自然，憨态十足，仿佛稚子脱口而出，但对于诗人而言，如果没有灵魂的长久砥砺获得的净化，没有信仰力量支撑，没有回归人性本真的一派天然，是难以道出的，简明的语言背后却意蕴深厚，不经细心咀嚼是难以品尝到其中滋味的。

第三辑"太阳的青盐"则收集了建民多年在尘世间行走，对日常生活感触的即刻性记录，有目击道存的意味，对生活的瞬间发现和领悟，使得其中的哲思、巧思俯拾皆是。"一只耳朵竖起/偷听另一只耳朵的声音/声音左右为难/最后只剩下和声"（《耳朵》），"六十年代的玻璃/稀缺但是不怕破碎/完整的是一片完整的心/破碎后是好几片完整的心"（《六十年代的玻璃》），"面对叙事的嘴对说话满怀敬畏/鹦鹉学舌时 对声音满怀敬畏/圣者的经咒令人心安么/念诵时 对发声的器官满怀敬畏"（《交易日》），这是真正意义上的具有现代性的诗歌，色彩斑斓芜杂，不仅因为书写的对象是现代都市生活的衍生物，充满悖谬、荒诞、失衡的意味，而且在于处理都市经验时选择的知性的冷静的审视眼光，以及冷峻的讥诮的反讽的语调。从"达拉积石山"走出的建民，尝试用诗歌去把握更为广泛的生活场景，触及更广阔的世界，而他本人也因此成了一个有更大抱负的立体的诗人。

建民在诗歌艺术上最为人称道的一点，是极简主义的语言风格。他试图摒弃形容词和修饰语，拒绝修辞，修剪了一切枝蔓，用干净爽利的短句组合构成相对整饬的诗歌节奏，这种语言方式很大程度上帮助他实现了剥离表象抵达事物内核的写作目的。这通常可以解释为，语默之间的空白包含着许多言外之意，刺激读者的创造性思维进行填补，挖掘其微言大义。而建民对此则另有解说，最近他有关于汉字的语言学文章在网络刊发，着意讨论了汉字在沿革的过程中，逐渐脱离了象形字时代的原初意义，附着了太多所谓文化的含义，变得不堪重负，面目模糊，而象形字的创造本依据中国人的时空观，是中国人独特思维方式的体现，因为汉字在发展过程苔藓丛生，充满了多义性、含混性、不确定性，也使得中国人丧失了以自己的时空观认识把握世界的独特思维。这些观点，在学理上大可争论，但却是建民的确信。20世纪80年代，有诗派主张现代汉诗应回到语言，便是要清理汉语所承载的太多非诗因素，而建民则要回到汉字，他相信一个个汉字就是一个个事实，只有删繁就简，回归汉字的本义，才能还原一个个事实，凸显生命的本来面目，这就是诗歌的使命。大道至简，这或许就是建民诗歌语言风格生成的缘由。

行文至此，大约可以概括建民的诗歌立场了，那就是以一以贯之的悲悯、人本叙事的现代精神，切实把控汉字在时空上的自足特质，让文字从人们习以为常的"文化"中脱身，回到生命的本真，抽取生命本质的无奈、悲哀与欢乐，创建完全属于汉字思维的当代诗歌。诗集《太阳的青盐》就是建民实践其诗学观的结晶。

但愿我这篇思虑不周的文字没有辱没建民的诗歌，但其中所表达的情谊则积淀长久。记得30多年前，还在读大学时的某个春天，我伏在教室临窗的一张课桌上，读完建民的来信及诗歌，抬头看看窗外，阳光明丽，一株丁香满树繁花，小鸟从扶疏枝叶中飞出，那一刻，感觉真好！

刘晓林

2018年5月10日

（刘晓林：青海师范大学人文学院教授，中国作家协会会员，青海作家协会副主席。出版的专著有《青海新文学史论》《寻找意义》等。曾出任"茅盾文学奖""骏马奖"评委。）

目　录

第二辑 雪花飘飞的理由（2002—2017）

第三辑 太阳的青盐（1988—2017）

后 记 / 194

第一辑

达拉积石山系列（1985—2018）

土　地

天亮就把脚放进土里

伸伸腰

夜里想心事

夜里睡得很香

夜里雨水渗进土地

脚下松软而温柔

蚯蚓在动

我们这样站着

没有脚印

没有谁来喊我们远离

雨后好天气呵

我们这样

把脚放进土里

庄稼在生长

高　原

如果有好心情
我们就站在最高的地方
我们想最高的地方
爬上去很吃力

而家园就在这儿
在庄稼和野菜堆里
祖先总是丢下我们
睡在最肥沃的山坡

总会有女人生下我们
让我们走远路
让我们有好心情
把犁铧放进田地

如果真有好心情
不用花力气
我们就站在最高的地方
随便望望

儿 子

儿子越来越远

远得让我们

想不出他现在的模样

他寄来南方风味

说起外面的光景

这时候倚在被子上

不打断他的话

他想干一件大事

肯定是好事情

他想娶一位姑娘

肯定不是坏女人

大年初一

他给我们叩头

对人说这没什么

只是让我们高兴

当然高兴呵

他跪下去的动作

和小时候一样

他说我们的田野

真够神的

是呵孩子

怎么从前没发现

你要我们出去走走

可是真够神的地

就在这山上

你那么远

我们想着你

想着你也会

拖儿带女

土　葬

那些生育我们的人

相跟着躺下

把血在自己身上流干

我们眼看着

他们最喜欢的物件

伴在土里

过去的年月

这就全哭出来

心里事情

不知是自己的

还是土里人的

我们所干的一切

就是把土

盖在他们身上

走过远路的脚

再不敢踩这些土堆

我们流泪的样子

叫人伤心

过路人都这么说

眼看着

生育我们的人

相跟着躺下

我们跪倒时

膝下的土

就暖和了

村　口

拢着手
盯住烟头
黄昏我们又在村口
我们的眼睛
看过村里所有的东西
这时辰村子就在眼皮底下

田地就在眼皮底下
我们的脚印和汗水
说道的丰收年月
被好看的庄稼遮盖了
远处一条狗还在远去
远处看见的是天
看不见的是地

我们站着蹲着
抽一支不知是谁的黑烟卷
抽村子深处的事儿
抽村子外边的事
看见女人挑水的队伍走过
我们扔掉烟头
望望天色
然后回家了

长大以后

我们长大后
手也长大了
工具和土坷垃
离手很近

脚也就长大了
山路很远
山那边
城里没有庄稼

长大后
心也长大了
装得下一切
让心乱跳的人

我们长大后
就真的长大了
一旦躺下
能盖住一大片土地

相　信

总想让自己相信

这块地是我们的

远来的亲戚

微笑着点头

这是他们酒后

站在田埂上的姿势

城里来的大人物

把嫩粮食填进口里

说庄稼长势喜人

我们相信这话

让出远门的人

取捧土包进手帕

庙顶的喜鹊唱着歌儿

就是要让我们相信

这块地

是我们的

我们积攒下粪土

撒在地里

然后握着犁把

转圈儿

剩下的日子

到这儿很久了

给你唠叨同一件事情

你看不见

风吹来又离开

剩下我躺在坟茔里

你吵不醒

我曾经是你父亲

这种关联经常发生

更远的人

也奔涌到这儿

他们闭上的眼睛

让你知道

泪水是从眼窝里消失的

现在有许多时间

有用没用的时间

土堆摆好看了

就会给你剩下不少日子

为我干同一样事情

你还有很多力气

从我怀里

蹦到锄头上
你自己的锄头
冷落在墙角
我那个小孙子吵醒你
天也就亮了

腊　月

山里是石头和雪

山里是我们

热月天的活儿都没白干

眼下去买好酒好烟

嫁出去的女儿过年要来

人老祖辈的亲戚过年要来

看看这腊月

心里稳当得要死

真想喊醒老先人们

叫他们从此安稳

孩子指着腊月奔跑

指着腊月叫唤

山里的石头和雪

又有看头了

雨水很多

出远门挣钱的人

寄来消息

天下没有大旱

工棚里日子好过

雨水也算温暖

出远门的人

捎来些消息

要去些消息

有消息心里好受些

你说雨水很多

我说雨水很多

有雨水心里总好受些

祖　坟

草叶顺着熟悉的颜色扎进手心
这时手中没有工具也没有别的东西
它们都在上面　在上面
后人们正在劳作
响动跟我们没缘分了
谁家的狗叫了几声
谁家的孩子从来就不认识我们
飞起的纸灰是白还是黑
草根穿越不再盛米面的腹部
抓住另一把黄土　另一把
是不是年轻时候捏过的呵
活着的日子里
恨不能把天下的好物件塞进口袋
现在我们的一切挤紧了我们
挤在头发和指甲缝里
很清楚我们死了
拿自己的土堆来安排自己
健壮的身体在上面干够了一切
我们的一切这就拥紧我们
我们的一切不是水不是阳光　也不是
这根骨子里伸出的草叶

干沟旱山

你以为路尽头一无所有
感到此行非常劳累
你把脸泡在一捧水里
你可以回去
你还可以说　远呵

赶车的人不会瞪你
他的山在他脚下
他的脚在他腿上
有些树枝到达天空前就消失了
风出生以后就停在这儿

对面几个男人
别劝他们远离
他们要照看女人孩子
要照看坟地里的先人

那些女人　太阳的女儿
眼看着她们从田埂上来了
你被抛进许多眼睛
你不知埋葬你的该是哪具棺材

你该讨一碗水
因为你听见了她们干燥的笑声

想知道早死的那几张脸
路的尽头随手可以捡到
没有力量能让他们消失
庙里有本唯一的日历
日子和木门敞开着
你会走进

你会逃出
告诉大家那是个可靠的地方
没有谁能让你替他难过
那里的小孩总有饱嗝
直到死日
而他们现在活着

往　事

许多往事我们清楚

许多日子听不见往事

双手抱头蹲在山顶

这双手就是往事

吃饭的口狠命喊叫

回声就像一群吵闹的孩子

然后消失

又像受惊的壁虎

钻进了大地

这座山呵长这么高

就是要抓走我们的声音

真有那么一个冬天

我们忘记了往事

不再爬山

不再打扫房顶的积雪

眼下就是这样呵

默不作声守着火炉

风把地里的土一点点刮走

而我们　想起了往事

干草堆

干草越堆越高
我们离太阳更近
影子落在打麦场上
打麦场就像浸在水里
四周看看
谁都喜欢在草堆上边
在高高的草堆上边

这是秋天
太阳晒热了庄稼
裤管和铁叉沉没在干草里
麦子在皮肤上蹦达
是个好日子呵

咳嗽的声音
不断响起
搅动无风的空气
现在胸口堆起了干草
现在干草的尘灰里
到处是张开的嘴巴

那个人

那人从海上来
心怀往事
拿走他儿子的海
还在把他追赶
只要他不去更远的村子
就一定活着
再生一个儿子
生在这里的孩子
会把海当作梦
可是他总在张望
他把自己吊在
最高的树上
仍然看不见路的尽头
看不到尽头的海洋
他总算知道了吧
山里也能死人
我们没有海
我们把他埋在土里

农　闲

这就坐在我面前了
几块石头中间
好像我惊醒了他们

看来时候还早
他们摇摇头
一大群成熟的麦子
等候镰刀

他们等着月亮
指望我的话题
把日子拖到天黑
我沉默不语

在那些瞅着我的眼睛里
我看见天黑了
身边就剩下几块石头

门口的树

劳累就来自家门口这棵树
树底下的青石板
和另一块石头

有人告诉我们
树是祖先种的
我们就在家门口
栽下这棵树
让太阳整天都不能露面

我们在树下修改的过去
谁都不怀疑
大门开着
这就是人们常说的回忆
经过这道门槛的人
听听我们的话
我们不指望回答

树老得容不下自己的骨头了
树下长圆的许多面孔
打老远回来
回来又离去

树　林

我听见风
始终从树的头上刮过
那些树仍然出生
好像活着十分容易

这林子呵
总在寻找我身上最累的部位
试探我有多大尺寸

它们不言不语
在我酣睡时长大
让风从头上刮过
让风歌唱

我总算了解它们了
睁着眼睛走在它们之间
我要比它们更累

靠它们的喘息能找到水
听它们的指引能拴住风
可是找不到一棵最好看的
能将我吊起

懒

后来人家骂了才知道
懒能跟骨头相连
那时候不是困倦么
不是时兴困倦么
大家一字儿排开
暖和啊我们这样说了
脱光了才好我们这样说了

庄子里最美的女人就在阳光里
她的全部故事
就是她知道有个追日的汉子
回来吧，她对那汉子说
她的故事只有这一句话
让我们懒
懒得跟骨头相连
让我们一字儿在墙根排开
舌头像秋天河沟里的树叶
孤单而又重重叠叠

石　头

说话时候坐在石头上
我们的过去好像在石头里
说书的先生当然听不见
我们在石头堆里
走来活着　　走去活着
石头一动不动
而且一声不吭
好像在动什么心眼

老人们总是说
娘老子心在儿女身上
儿女心在石头上
所以明天肯定也在石头里
今天累了　　坐石头上
用不着思量明天
但可以等待后天
后天嘛就是再过两天

要想谈论老天

就得在村庙那儿拐弯
在另一块石头上
坐　要么躺
石头粗糙而身体柔软
可惜你不懂石头的语言

骏　马

我总是在本村
看见另一个村庄
另一个我
和另一群我们

只有那个骑马的人
身上没有怪味道
跟我们不同
其实我看见他吃羊肉哩
他追姑娘哩
他还有鼻烟壶哩

不论时光有多快
也快不过他的马
他的马
尾巴还在那个村庄甩着
身子就横在这个村里了
一头撞进我怀里了

那个人是我祖父
骑着四九年的骏马
马儿黑里透红
脖子上一圈响铃
尾巴恍惚
大概是锅灰色的吧

醉汉的天空

喝酒的人搞不清透
比如酒和粮食和天空的关系
如果酒像雨水
他就能成长
如果酒是阳光
他会更茁壮

喝酒的人见了麻雀恍然大悟
酒把他撂在天地之间
酒没给他翅膀
他踢他的母狗
他说满天的星星是狗撺出来的
他指天骂地
他说心里话是酒撺出来的

喝酒的人
无法和自己的想法待在一起
他在村庄尽头游荡
他见不到自己的影子
他把影子留在土里
他从村庄上空飘走

老铁匠谈话

他说　要是随便聊天
你想说啥说啥
要是专门找他谈话
就得他爱说啥说啥

他说　地征了
老房子强拆了
孙子上技校了
儿子当工头了

他说铁匠铺子早没用了
鲁班的神龛归蜘蛛了
他不打铁了
但也不愁吃穿了

他说他又一次被解放了
就是记不清被解放几次了
老是需要人来解放
都不好意思了

他说他骨头还硬朗

嘴上的铁嚼子也嚼碎了

咽肚子里了

嘴巴自由了

老姐夫

眼前是已故领袖的一名老兵
有时他希望他是现在的领袖的新兵
跟他聊上半天
他觉得他可以再老一些
当年能在寺院对面的土司家带兵
或者直接在那个寺院里念经

他能把喝下的酒从眼眶里倒出来
他能把一首酒曲唱几十年
那些歌词
大意是没完没了的鸽子和麻雀
住在他家　我怀疑他当年的家
是老杜甫也没见识过的广厦

他七十好几，加上他幼时的前朝
和他现在热爱的百年大计
他好像能穿透好几个世纪
可是他说起的年月不多
他说他是已故领袖的一名坚强老兵
还希望是现在的领袖的忠实新兵

好像他从二十几直接蹦跶到了七十
好像他的伤疤被科技教唆成了复读机
好像他没敲锣打鼓娶走我的表姐
好像他没有大大小小六个孩子
好像他现在没搬到县城
好像他的八十平米还在接待麻雀和鸽子

他说他是已故领袖的兵如果需要
他还可以是现在领袖的兵如果允许
他可以再老一些，去土司家里带兵
那样离寺院更近，一个念头就能去念经
念那种保佑已故的领袖的经
念那种保佑现在的领袖的经

达拉积石山辞典（节选）

题记：　这组诗中，每首的标题均采用后现代主义术语。对文学而言，后现代主义的本质，是要在现代主义内部对以往人文意涵进行质疑、反驳和拓展。达拉积石山山民大概不了解这些主义，但是他们的生命体验和话语，与后现代主义的某些感悟不谋而合。建立该生命体验的诗歌档案，只需要坚守诗歌的本分。

1.身　体

这些天翻修村庙
虫子们把肚皮晾在太阳下
太阳落山后，天空还在
老天爷拎着星星的骨头
在蒸笼那儿现身。其实啊
天爷早就藏在碎瓦片的碴口上
划伤了七八根手指
抹了三只大红公鸡的脖子

这些天那条流浪狗
一个劲儿舔着石阶上的鸡血
还低眉顺眼
往神像的裤子上滴狗尿
隔壁农科站的女人
天天在公家的栏杆上晒裤子
也给我们扔几个科学的灯笼椒
好像一切早有安排

所有身体，哪怕是潮虫
都会在翻修庙宇时出来透气
虽然那些纠缠不清的裤子
能把全村的壮劳力都装进去
我们的胳膊腿依然伸缩
像庙里的老古董角弓
嘴巴牢靠，不会火烧火燎
脖子里那根筋
不僵持也不稀松

看看我们，真是的
多么像神的圣人
多么像流浪狗的家人

待村庙光鲜了好看了
我们就是败兵的箭杆
逃出狗尿骚裤裆，逃离农庄
去随便哪个大地方流转
顺便给高山上的身体
带回些低处的定义

2.播　撒

他不知道扬撒的种子
能生出咋样的果实
他的种子自个儿挑选着果实的长相

你大概听说过他的种子往事
早年，燕麦青苗的亩产是两吨麦子
前年夏末，青稞秆变成了白杨

他躺在埂头上
一夜间嚼出了牲口的欢畅
一个季节就学会了神的张狂

他想，种子想要千军万马的腰鼓

而不是他从龙王那儿讨要的
那一点点雨露

他想，种子讨厌人们渴望的果实
也不想把他这种人变成果实
种子只把他当作果实的徽章

他想，种子要的是喇叭而不是播撒
要么种子只是个方向
要么种子从来就没有立场

他说，种子能用谷皮唱歌写诗
能用胚乳撩拨那些藏着翅膀的虫卵
用胚芽学习上边的文章

说着说着又是春天
人们眼睁睁看着
他将炒熟的豌豆撒在地里

秋天，一群滚动的圆月驮着他
从他的一亩三分地出发
到西边山岭上游荡

3.块　茎

书里有成精的狐狸
山中有成精的土豆
如果其他薯类能成精
肯定也是浅浅地藏着的块茎
那些块茎在土里交谈
在阳光下装憨
我们山里人知道真相

它们用茎追索光阴
用肿块储存光阴
又用简单的重复挤走光阴
它们宁愿烂掉也不往深处钻
更不会往高处跳
它们长成我们的肠胃和脑袋
长成我们的腰子和心
拿走我们的食、色和魂灵

我们能够从块茎里找到的
正是我们失去的
是手术刀从我们身上切掉的
我们背负不动丢掉的

一块庄廓跟其他庄廓商谈的
一块村庄与另一块村庄划定的
还有块茎们成精时
那些脐带满天下传送的

它们消遣我们
让我们在大地的故事中
一疙瘩又一疙瘩
从这一疙瘩到那一疙瘩
从良性疙瘩到恶性疙瘩
从不要命的疙瘩
到怕死的疙瘩

它们的脐带
把农业串联成惊天大事
把我们串联成闲言碎语
在口粮的言语里
它们跟我们是彼此的心头肉
彼此都多得像河滩里的卵石
彼此都跟这个天下
若即若离

4.视觉技术

老人从老年协会鱼贯而出
每人拎一对新暖水瓶
那些塑料壳子很好看
据说几千年也不会腐烂

有位老人刚刚去世
送走他的是彩绘棺材
他认识的几只灰白鸟雀
以及另一片乱麻麻的白色

有两位老人早已离世
他们是我的父亲和母亲
当时送行的鸟雀眼睛很亮
反射着黎明的一切微光

他们不指望活在我心里
我也没法拿走他们的故事
如果你在故事中从未见过他们
他们呐，就是没有故事的人

他们是土地使用权的褐色和金黄
是庄廓留守权的银白与惨白

他们是阴宅风水的隐形涂料
也涂抹在大风刮不掉的楹联上

他们总是渐次变色
像橡子　毫无悬念地穿越
些微激情留在虫蛀遗址里
不讲究线条　不采纳传说

经常有暴雨
把一茬又一茬颜色刷新
而天空是瓦蓝的
我真的知道天空是瓦蓝的

如果你在故事中见过那种天空
我是说天空是瓦蓝的
不会比瓦青更贵重
也不比天蓝更幽深

5.踪　迹

风吹个不停
风的名字眉目不清

达拉积石山上
到处是风速的划痕

这就有人用风的尾巴
做他的腰带和水袖
风牵着他在沟坎上唱戏
有时牵着他去远方打工

那人骑在风的腰身上
他的铁锹就像船桨
看上去有点奇怪
但是他能让田埂不断荡漾

有人顺风吹气给风助威
他再三吹气时
突然回转的风
让他像气球一样鼓起

风口上没有人
就算有人你也看不见
风口前边是悬崖
后边是污水坑

我们肉眼凡胎
不知风的难怅
大风从城里刮来的丝绵被
是几朵祥云吧

大风吹垮的彩虹
散碎在秋叶上
打扫落叶的风啊
总算能尽一回本分

6.缺　席

老队长入土很久了
可他老是不在坟茔里
即便是清明，也见不到他的面
人们想请他吃祭席
给他些零花钱，可是
谁也没法请他入席

有人说他在柠条阳坡
往蝴蝶一样的花儿上撒尿
有人看见他拔光了胡子

在乡政府的宣传栏里唱酒曲
有人说他在硬化了的村道上奔跑
慌慌张张，上气不接下气

原来曾被老队长毁掉金身的神仙
一直在找他的麻烦
神追着鬼满山满洼飘，倒也常见
只要村里七八个合适的人出面
请神到神位上，请鬼到坟茔里
大家都能安然

时至今日
有担当的人物总是缺席
他们四散谋生
腰来腿不来
老队长就无法安安静静享用祭席
某神仙也就没有神坛消解业力

7.绝对的骨头

哪一种风的轮转更灵通
哪一重山水的迂回更宽厚

烟雾里的骨头啊
跳个舞吧

山里的坟墓
骨头的戏楼

我们缺了啥
就去翻腾祖坟
我们总是缺点啥
就得折腾先人的骨头

骨头不愿说出真相
就学学戏楼上的唱腔

我们已经不在乎阴天雨天
不在乎乡长是清是浊
不在乎某家丫头突然成精
不在乎通神的大师云游不归

可是除了祖先的骨头
我们不知道该调理什么

骨头啊
跳个舞吧
右手摆个要馍馍的姿势
左手摆个观音菩萨的姿势吧

8.擦　抹

现在，得把那些长在土里的大脚丫擦掉
它们已经无法探知蚯蚓的恓惶
得把那些雁儿一样列队挑水的女人擦掉
她们的焦渴深入骨髓，不再需要泉水
得把世守耕读的牌匾擦掉
麦香跟书香不在一个跷跷板上玩闹
得把惜地如命的庄稼人擦掉
他们时常说田地是人民的不是村民的
得把弟子规里的娃娃们擦掉
他们留守的眼神大清早穿透了千年祠堂
在天上钻出许多眩晕的深坑
得把所有戏谑的温暖的冷凝的闲言擦掉
把嗷嗷待哺不见成长的思乡文本擦掉
你看大山深处的打印机日夜呕吐着表格
好好学习的人们天天有新的魔法要学

现在，达拉积石山的彩陶上
那些养育的器官还是那么骄傲
永远在场，努力工作，擦抹不掉
他们的猎物，对面岩壁上的麋鹿
拼命蹦跶，总是能躲开擦抹的工具
它们恐慌、惊讶、好奇，似乎在问
几千年过去了，到底发生了什么

第二辑

雪花飘飞的理由（2002—2017）

水缠绕在玛尼石上

石头是金刚石
水是融雪水

骑牛的汉子没想到
拴狗的姑娘没注意到

客人说帐篷后的小河
缠绕在玛尼石上了

石头不做表情
水不流泪

山 上

群山合围而来
好像我是牛粪火
它们不声不响地取暖

露水凝聚脚掌
掩映生灵的万千心结
我的念珠豁然开悟
做了草叶的妈妈

花瓣驻守我的红颜
风吹着我的尘世
青春的牦牛咽下我的一切
然后反复咀嚼

虽然这么多事
群山依然围拢而至
如果我不在高处盘膝而坐
它们能学会我身上的热吗

帐篷里的花

搭帐篷时它就在那儿
不是故意把它罩进去的
它好看　尽量不遮挡它的小脸
这是我的故意
女人收拾毡毯时瞅它一眼
一阵子茫然

它那么小　那么娇嫩
又是那么显摆
不能离开大地
也不需要人来供养
对付它　甚至没有折中的办法

如果它是酥油中的牛毛
倒也好办　可它就是一朵花
它的家人到处都是
包括我的马儿踩烂的那些
它偏偏在我的帐篷里

每天我赶羊回来钻进帐篷
它就让一切陡然大变

旱獭和狐晒太阳的桥上

有海的时候　我的家是桥
山的栏杆一栏又一栏
历数我的诺言

人来人往
已经人来人往了
我都说过些什么呵

那是青草的季节
羊儿们这山望着那山高呢
我还能说些什么

旱獭和狐晒太阳的桥上
天天有生灵路过　我只想说
我的女人像修了桥的那个人

我的女人是修桥的那个人
看呐快看呐　她
从怀里掏出又一堆白色石头

青海湖

我的寒凉对不起那些没穿戴的鱼
它们自由自在却不能飞在天上
我就叫鸟儿南来北往

后来的吐谷浑像一片流沙
我给了他们矫健的儿马
他们不等温顺的雌马
打个性急的饱嗝就上路了
他们有他们的天涯

盛唐的公主长袖阔带
看得出她有一滴泪的风骨
现在　她的亭子随处可见
大家的泪水里少了许多盐碱
也就无人为她潸然泪下

现在　你立在湖边
要飞　就从浪里撕两页翅膀吧
要游　就跟裸鲤们商量吧
要想把我湮没
就淌出大士的那种眼泪吧

海　北

青海湖北边
时间在花费更多时间
寻找我们的孩子

我不是时间的主子
但也不是它的农奴
我想　那些迷路的孩子
可能在油菜籽的胚根里聊天呢
在议论人家的果实呢
要么他们正在蜗牛的耳麦里吟唱
用钙的坚硬刻录风丝雨滴呢

他们那么忙乱
像油菜花的执着
铺开一路狂欢
远方的客人
远方的蜂群
都算有缘

看我煨出的桑烟
像右旋海螺

雪花在旋转中曼舞

牵扯我的心神

雪花温婉

雪花庄严

雪花知道善着美着

没那么艰难

藏羚羊

月和雪花圈养的
闪电放牧的羊
我一个吟唱的人我知道
你姓藏，名羚，属羊

我们脚上
也有你奔逃的蹄声
那是从绝岭到溪流的羊痫风
前世和来生
一蹦子都没影儿了

尽管踪迹全无也是日子的一种
你的角还是涂抹了太阳的紫色
身子沾染了大地的黄色
你迟早会丰满起来
雍容华贵
旁若无人

如果有了比早晨更好的牧场
你就会一声呼哨　把我牧放
我早就知道
你是一位牧人羊嘛

看了场电影

现在看呀落日下我的景色它是电影
太阳又升起了，另一场电影
那些剥了皮的羔羊，早就是电影

世上哪来这么多机器
是个机器都来拍电影
我的草地被一片片拍走
成片成片草叶的魂儿
被一团团机器摄走

我的草原多么宽广
怎么没撑破那片白布
我的草山那么多的草籽
怎么没在那些机器里发芽
再说啦，如果我住在电影里
我骑马就不是那个骑法

夏天一个晚上我何必看那场电影呐

草的边缘

如果草叶的边缘是沙漠
我会对我的羊儿说
想走你就走吧
那边连只狼都藏不住

草叶的边缘是城市
我的羊会失去性命
我会丢掉自由
所以我轻易不表态

草叶的边缘还是草呢
我的羊就是大军，世代进攻
给我惹出一万个麻烦
捎带一个情人

草叶的边缘是网围栏
说明那边有许多凶险
我得给羊儿染上记号
我的守护神就好辨认

骆驼的样子

前面是山
它就是山的样子了
遍地的盐巴
它就是盐巴的样子了
而骆驼刺
是骆驼的样子
游走的沙漠是骆驼的样子
大风吹来的时候
我的羊是骆驼刺的样子
我还就是沙漠的样子

谁在我们之间

我们之间有山，很高
大雪封山，是你我之间的自然
草叶沿着你的车辙越走越远
温泉水细小，但迟早会流到你那边
除了这些，谁还在我们之间
你是来看我的
现在却成了看山
那是冷到骨头里的山呵
你不听劝。你看
你的目光被泪水扯歪了吧
你的喊叫被空山掏空了吧
这才是你我之间⋯⋯

草地天气预报

天气预报把你带到我的夏天
在我的夏窝子里抖开雪白的床单
我这就回到零度
不能再往深处了，我会结冰的
我们就在零度的地方说说话
不要说太多
太阳会把零度烧掉
风会把零度刮跑
你认识名叫摄氏的那个人
那人小心翼翼
我们能说许多吗
这是我的牧场
我不能让你发烫
然后让你受凉

月　亮

谁的羔羊牧在天上
谁的爱人在空中赤裸
谁的装订线像大师的目光
在黑夜的经卷里铮铮作响

把这些捎给对影成三的人
但是捎带不了牦牛驮来的月光
也不能把月亮从银子酒碗里捞出
不能用铁链将衔月的藏獒拴住

你要掀起月光的一个角落，随便看看
你的爱人将羔羊收进栅栏
爱人给大师点起银灯一盏
爱人像白色小狗　把今夜的月亮偷走

《月亮》之民谣版

谁家的羊羔牧放在天上
谁家的女儿在天上流浪
她没有彩云的衣裳

谁家的酒歌要对影成三
谁家的酒碗能捞出月亮
她没有喝醉的心肠

远山上的约会呢
骨笛召唤的鹰呢
大师点的佛灯呢
乱针绣好的心呢

岭上的牦牛驮来些月光
溪涧的银狐偷走了星光
她没有度母的阳光

撩起月光的一个角落儿
姑娘的蚕丝线铮铮作响
她穿着月亮的衣裳

远山上的约会呢

骨笛召唤的鹰呢

大师点的佛灯呢

乱针绣好的心呢

高原舞

那个微笑
那只发辫上的昆虫
那场欢笑
那些皮穗和花边
那段溪流栖身的腰肢
虹的胳臂
羽毛的心
那种时光的袍袖
风的鞋子
阳光的补丁
那西边山上的舞蹈……

每个姿势
都会受妖供奉
每种动念
都能被神收养

歌　者

身子靠糌粑活着
心靠歌唱活着
如果歌声有阴影
说明调门临近太阳了
如果声音中色彩斑斓
说明调子跌进了地狱
我还发现
掺进的歌词越多
天籁沁透的大地就更远
我吵醒的人
支棱着耳朵
神色陌陌
四顾茫然

其实我没想过要吵醒谁
青稞酒的耳朵长在我心上
除了这样的心
我还能吵醒谁呢

古墓那儿

琴声中那人缓缓起立
拖着生锈的长戟
那是阳关之西的故人
双目空洞，喃喃自语——

草叶的栅栏撞开了
你看，草叶的栅栏撞开了
他们走了他们来了
你看栅栏撞开了他们来了
我还能守护些什么
塞上是守护者的塞上
草叶是草根的草叶
沙子是大漠的沙子
草叶的栅栏撞开了
梵音四起
我还能守护些什么

牧

我不用鞭子
鞭子能驱赶那些山吗
能赶我上天堂吗

我还不晒太阳
听说好月亮能使我的姑娘
潮汐猛涨

可是我就在天上
我的鞭子就得比天路还长
而且我找不到阴凉

土坎那儿

风声呼啸，僧人筑巢
他要跟天下的远路言归于好
他在巢中坐呀卧呀
像快乐的鸟儿，不停地鸣叫——

高山那边的人呐
没有水没有月亮
他们的月亮在木桶的水中
他们的木桶散碎了

多好的木桶
多好的箍桶的草绳
更好的铁圈在箭镞之后
更后来的铁桶让大家脑壳空空

我呐，请不到箍桶的匠人
也没有箍梦的草绳
就让我空空空空的脑壳盛一池清水
映照一弯如水的月亮

鹰在头上旋了三圈

鹰从岭上来
从岭上直到苜蓿草的尽头
草叶的心
是肉长的吗

草叶的尽头
太阳出来了
太阳的心
是肉长的吗

终于有那么一天
鹰在我头上旋了三圈
鹰呵鹰呵
我的心的确是肉长的吧

稀少的云

你稀缺的，我这儿多得要命
比如蓝天白云
那些云一片一片从天际掉下来
长袍挽留一些，遮挡一些，抖落一些

可是我的一切从未离开过我的心
不知有多少团多少片
晴天的白云，雨天的黑云
它们无法坠落
无法飞舞旋转，落地成泥
滋养善于开放喜好摇摆的植被

只能招来身外之物啦
那些热风、冷风、水分
在所有人头顶上煮一锅粥
好一番云雨呵

好啦，大雨过后流水泛滥
那些水里的心情
再也浇不灭地狱的火焰
好啦，大雨过后水珠逃散

像没完没了的婴儿
噼啪落地，没入日子的云团

剩下琥珀一盘，绿松石一盘
给偶然巧遇的出家人
还剩下简单的心愿
我只好就这么揣着
眯眼看天

匆忙赶集的流云
一晃千年

太阳和冰和石头的水

谁让我透明
我给他草叶的奖章
谁让我混浊
我给他金子的奖章
谁让我暴跳如雷
我让他坐龙床

浪花，花蕊，星星的粉末
给血脉灌水的护士，生殖的蛇……
匍匐在阿尼玛卿脚下你们就能看见
我是龙门的鱼遥望的青色

太阳叫我漫无目标
寒冷是个爱收藏的家伙
那个拐弯抹角请我去他家的人
是精致的排污器
他的女人是我不经意的一个拐弯
我是大家的水

大家逐水草而去远上蓝天
我，跌进了深渊

从昆仑山到湟水谷地

从山顶下来在山腰逗留
我的时间里
湟水流逝

鸟儿被惊醒
鸟儿飞腾
我的蓝天被鸟儿占领

我的花朵
被大地的肥沃搞败
我的路，被草叶掩埋

我的脚
被露水当作流浪的鱼来收养

给一个流浪的人解释天葬

要流走的水堵它干么
他死了，你要我留着他干吗
眼睛里的泪花开放吧，消逝吧
如果他能上天

能上天，他就与大地有缘
他听不见你的话
就不能揣测他想表达什么
他能上天，他就有他的领路人

你在问候那些鹰吗
饿疯的鸟能让更他干净
翅大的鸟能让他飞翔
你说鸽子带走他更好一些
我想也是，如果鸽子不吃素
一样能拣走他身上的肉欲

你说他有飞翔的力气吗
呵呀有心人，千万别供奉力量
草叶不是靠力量张开的
花瓣不是靠力量扬起的

能张开的它就是张开
能扬起的它就是扬起
能上天的人，他就是天空
能把天空埋在土里吗
能把天空刻在一块愣头愣脑的石头上吗

我也想紧紧拿住亡人不放
叫他替我在力量面前说些好话
叫他守护我此生的吉祥
可是我没有关住天空的牢狱

所有一切，比如你的泪花你的好心
快开放快消逝吧
哪怕你流泪时笑一下
天也不会塌的
如果他能上天

如果他只是逛一趟就回来
他就有回来的门道
如果他已经回来了
流浪的人呵快回家吧
说不定他就在你家摇篮中
咿呀乱叫呢

金子的河床

我的女人乘风而去
她背弃的岩金
是大师九千斤的祈殿

天哪我的女人还向东飞
她背弃的砂金
是黄昏的种子

大旱来了
我的女人在敦煌长袖善舞
在月亮里玉树临风

剩下的河床古道热肠
但它远大谋略的化学
制不出一滴消化我的酶

我扑向金子的河床
太阳的手点石成金
点化我成为饥饿的沙娃

雪花飘飞的理由

山那么高
我也就长大了
水来了又走
因为我首先要逃
雪花一飘我就乱了
因为我身子里有个叫风的人
让风安生他就不是风了

羊儿如此茁壮
因为我是个肉身子的人
肉在羊身上是肉
在我身上是肉
在狼的嘴里也是肉嘛
雪花那么一飘我就纷乱了
我身子里确实有个叫风的人

那个人的把戏
是将我五马分尸
其实我的马儿何止五十匹

那些马儿在风里调情
它们的孩子会比雪花多呵
怪不得雪花一飘我就乱了

乘风行走的雪花
也是个有道理的人吧

歌　唱

你的手在水里浸过

我就想唱歌

你的脚惊动了露珠

我就嗓子痒痒

你说你是海里的生灵

多汁的胸上有把南方的紫壶

你说把喘息浇进血管里好吗

我差一点就喊叫了

可是太阳让你草一样生长

太阳晒红了你的脸庞

太阳在风口把你张望

太阳的鞭梢上

你多像别人下给我的咒呵

爱人　歌唱你就得歌唱太阳

太阳有太阳的月亮

月亮有整整一年的夜晚

那么清凉

又无比漫长

现场浪漫主义

海盗称臣，需要现场的浪漫主义
可是，我和我的上师正在看海浪开花
美人鱼歌唱
响尾蛇随风摇曳

英雄再生，需要现场的浪漫主义
可是，我和我的上师正在野地的夏天
相信笑颜真的如花，时光烂漫
美人似响尾蛇，迎风招展

圣者出世，需要现场的浪漫主义
可是，我和我的上师正在占卜的河岸
美巫师被三百年的铁蹄追逐
响尾蛇卜辞在又一个三百年随风灿烂

寰宇散放烟花，需要现场的浪漫主义
可是，我和我的上师正在隔岸观花
鲤鱼如梦中情人，逆流而上
追随着响尾蛇永恒的节拍

烤吧喝吧

给太阳抹点红色
它就映照我深处的火热
给真言加点红色
她指梢游动　发辫荡漾
在一川碎石中柔情似水

这就说说我的水吧
她的高贵如履薄冰
如履薄冰她踏上了阳光阶梯
在蓝天中白亮着
岩石的心肠里淌出了
广袤汉地的乳汁

另一个圣灵
树一样长大了

从东向西收割

麦穗摇曳而来
让人从心里想说话
让人站起来摇摇头坐下又不吭声
让人沿着茎脉悄悄上去
成为缝合天地的芒刺

秋天的谋略清亮无比
大家说　熟了

裤腰带塞满了镰刀
眼看那些刀从田埂上走来了
刀迫使刀更快些

倒下了庄稼　草　羊身上的毛
还有羚的角　天鹅的长号
可是，一望无际的瀚海呵
你收割的生命
不动声色腐烂在你怀抱

速　写

帐篷上的雪坍塌了

消融掉一片白色

牛粪火熄灭时

火星像蜈蚣踏歌

牛奶的焦煳味

记下温暖的斑点

后续的奶茶渐渐清淡

好久以前

经幡就跟着商队流转

契约里的羊毛

开始从人的身上抽芽

眼看着玛尼石堆越来越高

转瞬间

争吵的白纸黑字堆积如山

看巨崖上的六字真言

想知道流动吗
想追随闪电鞭梢下的烈马长鬃吗
想陪伴似有若无的一千只手吗
想分开所有合拢的手
梳理漫天的风云吗
想探望欲望驱赶的灵肉的前程吗
能想起有双手
总是在洗涤所有的河床吗
能看见人群在河谷蔓延呵绚烂呵又逃遁吗
能厘清牧歌中一滴音韵回环流转的前世今生吗
能领受因一丝悔意散碎成的亿万个警钟吗

能让你的莲花全部盛开
令所有流动
凉凉地经历你吗

火烧云

我这颗太阳能点燃漫天云海
也无法照亮你心智的背阴处
那儿至黑至暗
没有流动，也不旋转
那里随便一个念头
就能浇灭我的火焰

某天，你要是冷得要死
就去找我的上师
他在红云下的山巅上
自在玩耍，像憨憨的旱獭
能在一切背阴处钻探
听他说一声"桑"
也许你能得到此生的温暖

黑 刺

落雪和浆果
以及沙棘的绿色

在又高又冷的地方
果实采用压缩格式
色谱来自心血
叶子上轮回的脉络
不会太清晰
落雪是无欲的蝴蝶
自由起落

我想说的，是沙棘的针刺
总能划开盛产口孽的嘴巴
再把那些嘴巴缝合

尽头的人家

在秋天的草原狐行兔跳
根根枯草茫然四顾
枯草无边无际

终于，在日子的尽头遇见了一棵树
果实要比树年轻许多
树冠轻易就能换一种活法
树根能把口粮留至春天

我这就住在树下
大树给我妻子
妻子给我孩子
好日子又重新开始

茶卡盐湖（组诗）

1

早就听说那儿有会飞的草
浑身长着鱼鳞
也总是觉着那儿有什么
要比闪电快

我有整整一根绳子的记忆
叙述天空和大地
讲它们的研磨设施
讲它们的抛光机
其间的摩擦
像那儿的命名

忽而达布逊淖尔
忽而茶卡
忽而天空之镜

2

那儿发生的一切
天知道从哪个风口扑来
又从哪个风口淡去

我有整整一群鸟儿的证据
撮合所有镜子

那里总是有鸟
像擦镜子的抹布
不要命的抹布

不过，那儿从未发生
鸟儿被镜子绑架的事

3

偶然有赭红女子
充当天镜之心
像汽车应急灯

闪耀，并叫你躲开
像情人节的玫瑰
剪裁体贴
像祭坛上的暧昧
叫你想起速效救心丸
也想起一句老歌词
杀手的内心
痛比快乐多

4

及至我不缺盐巴
浑身银鳞脱了又穿
收集的羽毛统统上天
不惧怕闪电
也不在镜子里做窝
我依然有足够的绳子
照看镜子里的镜子

我的脸皮
比那些镜子厚

我把会飞的草拿去喂羊

把长鳞的草捕来豢养

我可选择的事物

还有尖叫与纽扣

铜和嘴唇

5

或许我真是肩挎羊皮绳子的人

雪和盐巴，我得挑一样

在密集的人面桃花里

也该有我的荒凉

我就这么抵达此生

拿一根绳子的线条、柔韧和缠绕

把时空捆牢靠

把镜花水月的篱笆扎好

我就这么被一根绳子绑进此生

要我给绳子拧进几丝光线

也拧进些雪花吧

这是我的妄念

我就这么抵达
雪域女孩的梳妆镜面
看见我的雪花在镜子里融化
又凝结成湖盐、海盐、过往云烟

天镜终于把我的那一碗水端平
我的绳子盐渍斑驳
有风时，它会打口哨
但是它不会喧嚣

6

涓涓细流依然袭来
河沟是远方客人的脉管
虫卵清晰
可以种在镜子里繁殖

客人走后
马蹄声倒悬

旱獭在不远处的蓝色花海间
用婴儿的腔调
对盐碱里的生命表达惊奇

7

要么我真是斜挎羊皮绳子的人
在这个活见鬼的地方
镜像要么故乡
我还得挑一样

成全镜子的方法
唯有活着见鬼
制造故乡的秘诀
就是抛弃故乡

然后故乡肥硕，对镜成双，乳汁流淌
哺乳期的歌声从此连绵，无药可救
不比镜子的浪笑短
也不比故乡的叹息长

8

至于那个朝圣的人
正在蜿蜒着丈量镜面

他走远以后，有人发现
他的心落在镜子里面

那颗心也是咸苦的晶体
而且白中透蓝

9

满世界的镜子
它们像泼妇吵架
因为它们招数相同
就把镜子里的叙述压扁

浓缩其中的闪电
越来越缓慢
像昆仑山上的女神
面对天镜描画从前

我小心伸手
抚摸升腾之前的湖水，的确
快感少许而快感结晶了
寂寥无限而寂寥风流云散

所以我不能没有盐
因此我不能没有盐
可是我不能没有盐
拜托，我不能没有盐

第三辑

太阳的青盐（1988—2017）

自以为是

以为给一只蚂蚁福分
就能给大地福分
我的一点点糖
把两队蚂蚁拖进战争

这天最后一些时间
我在想那些散落的铠甲
那些铠甲中的蛋白和酶
能养育我的大地

这天最后一分钟
我还在想
天下只剩一只蚂蚁了
就是最早得到糖果的那只

这天的每一秒
世间发生了多少大事
我的言辞是否跳至另一言辞
我没在意，也就回想不起

交易日

面对叙事的嘴，对说话满怀敬畏
鹦鹉学舌时，对声音满怀敬畏
圣者的经咒令人心安么
念诵时，对发声的器官满怀敬畏

于是噤若寒蝉，环顾书架
思绪的分类，思路的扬尘
思想的回光返照
恰如地震季节的危崖

看不够的两页纸之间的缝隙
藏不住的一撇一捺的背离
向天堂，向地狱，也向眼前
蔓延不止

缝隙和背离建造天下
我对别人的天下满怀敬畏

耳 朵

一只耳朵竖起
偷听另一只耳朵的声音
声音左右为难
最后只剩下和声

可是我不知道
声音是为哪只耳朵发生的
哪只耳朵才是偷听者
我把两只耳朵统统交给法官

两只嫌疑犯
两只偷听天籁之音的惯犯
不论是否聆听法律
都在静候宣判

属于我的音韵
从此消失

中国蝴蝶

轻轻落在侠男侠女的剑上
那剑便凤鸣龙吟，柔情似水
似抽象的长发
五千年也绾不住它半翅风流

多年后阳光蹁跹
像飞本身，像舞本身
让我们脸色纯正
想法也平凡

蝶亦飞，亦舞，亦起起伏伏
蝶不如飞舞，蝶不如起伏
梦我为蝶，蝶不如我

门 窗

尘世的面目前

窗子比寂静安宁

另一扇关上又打开

像断翅鸟儿的飞翔

临近你的门这才知道

善良比爱情更难模仿

所以我足不出户

天下事就在窗外某人的脸上

人们成群结伙的时候

太阳只有一颗

门窗各有一扇

但是你总是双手推门

如我的心愿

简单而且能够微笑着看我

具　体

相识的蝉远道而来在我食指上鸣叫
分解的夏天很短
生活的标点终将长眠
长眠于右边或者左边
而照例有风摇动手指
这缕风多么具体

我看见一些大事散落一地
我瞅着曾经浑圆的一切
被割碎然后消失
光阴的理由随口而出
拿一分一秒支付我的经历

我歌唱的太阳掉在海里
我歌唱过的太阳掉在一片鱼鳞上
多么渺小　　但是它具体

有水的日子

紧要的日子里把你当作水
杯子过于抽象
木桶容易装满
我使用流传已久的瓦罐
它的裂纹如烟雨的空隙
让你的微笑点点滴落
我相信过去的河床至今还在
流动便不奇怪
距离需要不断温习
距离更远时
我端起你梦中的海洋
养我心头的冷海豹

有水的日子我不动声色
不讲话也不表演
有水的日子
我很生动

要一点风

现在拿一枚果实问你好吗
这让我临近无云之晴
那种晴朗是从前的征兆
让我们看不到白天的光芒
其实　我们只不过是人
就是说　要比上帝宽容

不知哪扇是我的门
不知你开门的方式
如果你没有水罐
就给我沙漠的夏天
如果你有雪山
就给我一朵裹梦的雪

还是给我风吧
据说风的灵魂总是呵护好人
爱人　给我一点点风
可以比生命少
但是要比爱情多

与山说话的方式：第一种

山坐着不动

高高在上却不喧响

等候我携带卧具

于最后的树荫中消失

我浪漫而来

桦树一样的步态

说明我有家可归

又如在多年的尘土中流浪

往事在山口任风吹干

衬衫飘在树枝上

预演我的心境淡远

此刻我的目光能测量

两个山头以及我与山峰上

那朵雪莲的距离

与山说话的方式：
意犹未尽的一种

我无法掀动它

无法让它旋转而色彩斑斓

无法让它像午后的雌虎

怀孕还能缓步行走

无法从身后

把真诚的手交给它

无法看着它的眼睛

与它交谈

而阳光

和我的头发一样柔软

像窗玻璃上无言的食指

不动声色地落入静夜

这一夜注定了要失眠

这一夜才真正走在山谷

一路风尘

很累也很生动

与山说话的方式：
静默的一种

在一群没有嘴巴的巨人中

领受沉默　习惯沉默

对沉默熟视无睹

无所谓沉默不沉默

不知道什么叫沉默

沉默成为语言

沉默成为生长的方法

沉默着宽厚和高大

树苗从肩膀上钻出来

鸟儿飞落其上

用长大的树修建家园

一个女人便能摇动一缕炊烟

两三户人家

百十户人家

上千户人家

一群没有嘴巴的巨人中

一个巨人没有嘴巴

他宽宽的胸脯上

生命的种子响亮地落下

时光天使——给孩子（组诗）

　　题记：我以为"太阳要伺候只能向前的时段"。可是孩子，你的时光多维多向。你是时光天使。如果你在生日蛋糕的时空里是个巨人，我就不忍心喊你到书桌前变成小矮人；如果你在节日的礼花中是王子是公主，我正好让我的时空错乱不堪，并趁机穿上国王的新衣……

　　我大三那年收到父母寄来的棉衣。那个秋天，我不断回忆父母说过的话，渐渐地，我的世界里，老人的话统统都是超现实的，西安没完没了的阴云潮雾居然和老家瞿昙的炊烟混在一起。我感受到了类似马尔克斯《百年孤独》的时空界面。当年，我写下一些诗，其中有一首《儿子》，最后几句是"儿子，你那么远/ 我们想你/ 想着你也会/ 拖儿带女"。

1.入　侵

你用生活的无数边缘给我说话
如磨砺很久的意向切割我的脉管
这时候太阳升起来

我知道，光阴不需要迎接
空房子中心肯定有颗哲学的脑袋
迫使我融入墙的洁白
你用草的方式在我躯体上生长
用苹果的另一半替代我该经历的苦难
你用从前的人类向我证明你的心情
我知道你也用我
对我做动听的表达

2.谁是跟你一样的孩子

这个孩子在高高的岩石上
这只小鹰总是说饿
将来他就会说　嘘

这孩子的出生地是郊外的铁笼
栏杆的影子模仿他身上的条纹
他叫小老虎　所以他是金色的

小小睡袋里许多孩子　在七彩河谷
等你背着画夹咬着青草
他们就会丢下褪袄　翩翩起舞

这孩子在纸上诞生　在银幕上眨眼
蓝眼睛的哈利·波特
骑着扫帚打扫天空

石头妈妈的孩子叫大圣
头戴金箍了依然顽皮
能管天管地了他还是顽皮

这个孩子不需要父亲
处子生他在大地之东大海之西
哦　可怜的耶稣总是被钉在木头上
我相信那个游戏你没参与

这个孩子一直活着
无数次诞生无数次圆寂
无数次陪伴许多孩子长大成人
他有他的善意

这个孩子叫蜂　那个叫瓢虫
还有一个叫蚂蚁
另一些孩子从土里探出小脑袋
是草就长不高　是树就矮不了

所有孩子不认识纸币

他可是最最忙碌的孩子

他不在我家稍作停留

爸妈甚至不敢叫你出世呢

只有一个孩子

深深隐藏在你身上

他就是思想　他的成长

全靠你的活泼健康

只有一个孩子

为了你的呼吸而诞生

他就是人们常说的宇宙

3.时光天使

一片叶子掉落

释放一朵雪花

雪花消融啦

燕子来袭

芒草的大地
孩子的林子
简单的口哨
一首单曲

一轮月亮藏起
一个梦境开始
闭起眼睛
睡意来袭

芒草的大地
孩子的园子
花鸟喧哗
流星飞逝

一个孩子长大
一颗星辰休息
大人的仙境
黑洞来袭

芒草的大地
时光的手指

孩子醒来
斗转星移

一朵雪花消融
释放一片叶子
万物生长
孩子沉思

4.北　方

每年的光芒
插在麦穗上

太阳灼伤的额头
格外明亮

麻雀用自己的分量
敛起了翅膀

远而又远的眼睛
展开又合上

没完没了的歌谣
洗涤河床

一个总是走远路的人
不知路的漫长

5.南　方

可以选择水路
但是小心潮流
水鬼吵醒的人交替出现在窗口
日子不断跳出日子的炒勺
月隔着云雾
摸索最冰凉的手

岭南那座高高的石椅上
端着瓦罐的人名叫等候
——看鱼如何上岸

又一天星光淋湿了你的帽子
像盛唐的紫壶浇花
奔跑的北枳迟早会孕育

雷峰塔的风铃被你的口哨吹清脆啦
北方阳台上
我守着你带来的银边麦冬

岭南那座高高的石椅上
蹦蹦跳跳的就是果实
——看水如何开放

6.每　天

每天只有今天
只有双臂舒展的直线
腿能旋转的圆
还有二十四小时

二十四枚时光的金币
不知如何储存
但也不能挥霍
让我们从一口涨价的饭开始
从生字单词和睡梦开始
从亲人朋友和陌生人开始
认真对待

如果不能容纳这样的每天
时间段落会变成流通的纸币
每天会有二十四个你和我
祸害人间

7.老家青海

家园之面有七种装扮
那是岩壁上作画的匠人
和他的轻轻行走的草狐
抚弄胡琴的歌姬
和她的逐鹿江湖的爱人
那是轰然退却的河湟潮水
让潮水粼粼的午夜月光
还有顶峰猎猎作响的旗帜

家园的肢体五行俱全
那是牦牛踏出的铁道的轨迹
参天胡杨七彩的化石
刚刚落下尚未凉透的泪滴

圣火内部蓄势待发的长啸
归于心海的微尘沙石

家园之手有三根指头
那是峡谷尽头豁然开朗的门第
毡毯的肌理中草原的触须
把愿心注入百会穴的针刺

家园之心只有一个念头
那是柳湾陶罐中最后一粒种子

8. 简 单

一块砖
一面镜子
一根塑料管
一片叶子

被禁锢的砖
橱窗里的镜子
管子的标识
裁剪过的树枝

垃圾车里的残砖
视网膜拼成的镜子
动过肠梗阻手术的管子
来自深山的大树的阴翳

人呢
城里没有人
城里有巨人

鬼呢
城里没有鬼
城里鬼怕人

9.三口之城

这座城市只有三个人
爸爸　妈妈和孩子

爸爸的爸妈在骨灰盒里
妈妈的爸妈在老爷山里

孩子折糖纸，糖纸薄到看不见

妈妈试新衣，衣服炫到看不见
爸爸搜荧屏，荧屏黑到看不见

三人三张薄纸片
一张粘档案
一张贴病历
一张夹在作业里

把三张薄纸片寄给城市管理员
邮路远到没终点

10.挂牌子的银杏树

小区院里有几十棵银杏
我喜欢挂在树上的简介
它让我知道，即使冰川统治世间
也会有生命的孑遗
成长为真正的万万岁，而且
生物圈的活物质们不用给它下跪

孩子喜欢挂在树上的吊瓶
他说万万岁的树有万万岁的病

要输液，有必要输液
大树疼死也得输液
总之，他只是祖国的花朵
至多像院里拇指粗细的红枫
他从此就不打点滴啦

说着笑着，看见
几棵银杏举着更大的牌子
牌子上有更大的汉字
——"领养者：钱尔雅"
我顿时尴尬，好像一个不小心
一脚踩进了人家的油菜地

良久，我心思松动，反复揣测
钱尔雅也许不是人
也许是钱科一种叫尔雅的树
也许是第四纪冰川遗漏的裸子牌匾
也许是银杏树的万万岁主人

孩子说，钱尔雅是童话作家吧
穿越时空领养个恐龙来多酷呀
绿色的银杏小扇子归他啦
能看几眼吗

金色的银杏小扇子都归他啦
到时候，能捡几片吗

11.六十年代的玻璃

六十年代的玻璃
稀缺但是不怕破碎
完整的是一片完整的心
破碎后是好几片完整的心

六十年代的玻璃
无畏而且犀利
墙头上如果没有铁篱
就用碎玻璃代替

六十年代的玻璃
不承袭贫穷也不继承富贵
不涂抹色彩以遮挡眼泪
也不加厚以冒充水晶

六十年代的玻璃透明乐观
不透明的时候

肯定是一面哈哈镜

矗立在实践的对面

12.女 儿

疯狂的海洋

将你放在我的台阶上

蔓延的湿冷凝结迷茫之花

一朵在你睫毛

一朵在你心底

事情总是超现实

从此 我的墨水里

珊瑚长成了蒺藜

也在同一瞬间

我原谅了整个海洋

女儿，现在我教你雕刻海浪

平凡人家的台阶上花语悠长

现在我教你给浪花上色

那些鲜活的奔腾的暖色

说你是她们的女王

13.儿　女

你的畅笑
不保留也不过分
无法模仿的淋漓尽致
这之后不速之客逐一来到
有的欢天喜地
有的淌蓝色眼泪
有的嘴角被昨天压弯了

夜游归来，衣衫凌乱的少年
将听我说这个不能那也不敢
言辞间，日子的大面孔总会呈现

你的幻想
不保留也不过分
无法重复的淋漓尽致。这之后
长一对翅膀就得重新起源
转动星辰的魔法该还给空间
太阳要侍候只能向前的时段

夜游归来，面带微笑的少女
带来许许多多的明天。可是
谁也看不见你笑容的另一面

14.学会用筷子

一分为二的细木头是粮食的手指
如果把刀叉装在粮食的胳膊上
那种情景我从不想象

落单的筷子
在一双又一双的起伏中假装平稳
或者远走他乡

有家的筷子总是在等候客人
不论客人是年轮
还是年轮的蛀虫

鱼一样的事物
筷子从不切割
让你心胸充满游动
让你腹中撑船

筷子在捉鬼仪式上担当重任
从此知道饿肚子的不只是人

饥饿岁月筷子索取明日
小康年代筷子不停地回忆
奢华的日子筷子被反复清洗

据说铁筷是环保主义
木筷就是存在主义
一次性筷子是解构主义
象牙筷子是象征主义

孩子手里，筷子是霸权主义
老人手里，筷子是机会主义
男人手里，筷子是相对主义
女人手里，筷子是后现代主义

穷人的筷子
是筷子的主义

15.那年在月牙泉

有人在泉边诅咒太阳
有人往泉水深处养殖鱼苗
有人想取瓶水回家又犹豫不决

孩子，让泉水沾湿手指
孩子，把叮咚交给熟透的秋风
孩子，在七棵胡杨之间站稳脚跟

有人撕扯黄昏的火烧云
有人要把月牙泉塞进照相机
那人从沙岭的陡坡下滑，快如人生
眼看着他在籁动的阳光中一粒粒丢失啦

孩子，快把心思在泉水里沾沾
孩子，快把心的叮咚交给秋风
孩子，在所有胡杨中站稳脚跟

年　龄

总是被生日算计
记住了往年
红烛用激情表达颜色
用本质积累数字
履历在哪个柜子里呢
掌管钥匙的人肯定重于泰山

最富有的黑暗
就十月怀胎这个概念
像啄木鸟的早点
从年轮的盘子里拣出
时代是庞大丰满的数学
将我挤进昨天

海容纳了什么
我容纳了每一天

自然景观

自然的戒指仅仅是一枚太阳
老鼠活在动情的土里
蜜蜂想母仪天下
蚂蚁轻松劳累繁重地组织
鱼儿织网打捞大海
老虎在笼中，依然金黄

好久没有歌唱的还是这枚太阳
它落下时美好
而今晨更加辉煌
采购夏天的人
是在准备冬眠吗
风景在许多梦之间若隐若现

抹去残阳的人一片茫然
于是他也成了自然景观
他泪眼模糊
情景全被晕染
他说他只是个汉人
存在若诗，温情似剑

没到海边

远处的船载满空气
没到海边
就这样煽动自己

想想海滩上发生的一切
丰满的食指叩打鲸鱼
精致的咖啡具正等候一粒子弹
而枪柄上生成了野草
草丛中鸟儿聊着天下大事

有人从内陆狩猎归来
长发掩不住的犄角
此时非常宁静
他高高的肩头上
空气和星星动荡不安

壮实的人们像太阳一样对付躺椅
在太阳眼前劳作
就在太阳眼前休息

女人们踏着海盗的节拍
生下一堆孩子
大家兴奋鼓腮，吹起喇叭

远处的帆船满载空气
没到海边
就应当学会煽动自己

试试把家装进夹克口袋

建民的衣带飘起一片阳光

有风吹来

如果下雨他一定狼狈不堪

他对眼前的草叶很感兴趣

他不会对云彩说刚刚与爱人吵架

妻子用开水烫伤了他26岁的诗稿

他在沙发上　　两腿稳妥地分开

一支烟头开始在手稿上穿洞

俩人对灼伤的纸不动声色

第三个是建民自己

独自盯住一片草叶

心想草叶简单草叶很美草叶也有边缘

趁太阳下山丢掉它

一切无影无踪　　而田野

很大　　心头升起一股柔情

这种东西没有所指

人人都有光芒四射

既照总统　　也照小偷

也通过烟头烫出的洞孔

建民穿越这些洞孔回家

妻子笑容可掬

妻子的衣袖拂起餐桌上的纱巾

灯　　刚刚打开

当月牙泉成为城市

搭乘商队的气球飘过沙漠戈壁
就能看见那座名叫月牙泉的城市
人们住在各种各样的水里
有人不断往水屋子里加苏打
有人在水幕广场泼墨作画

瀑布　喷泉　纵横交织的潜流
浪花　露珠　斑驳陆离的水泡
水晶一样的雪　粉红果冻一样的冰
七彩雾气　七彩蛾子舞动的水气
一切水分子都由月牙泉的善心提供

月牙泉城的少女不长翅膀就能腾飞
飞翔是她们唯一的职业
她们飞临哲学追索不到的地方
她们飞抵上帝梦见的地方
也在硕大的水泡里飞些花样

少妇织件云裳　漫不经心披挂了
在如水的楼宇间飞旋
她们向远方致意又互相调笑

扩散不伤害水的闲言碎语
顺便在漂浮的乳汁摇篮里生下孩子

年老的女人长出鹤翅　恣意冲天
她们能去各种各样的天堂
不过　她们大都选择了地狱
地狱中有她们热爱的男人
唯独没有那个名叫忽必烈的男人

城市密林

飞往城市的鸟
敲门的不速之客
鸟是我惊飞的吗
不速之客是我吗

不论敲响谁的门
总会敲响自家的门
掏鸟窝捣蛋，很久以前的事了
我现在的家在人群密林

那些修剪过的肢体，行动的
懂人言的枝丫，叙事的
会纠结的根须，阶层的

好在夏天漫长，窗户开着
鸟儿随进随出
阳光经楼宇梳理又被玻璃冷藏
有些偶然摔到地上
临时投放天使的影子

漏洞百出的森林
百密千疏的人群
鸟儿被遗漏　而我
轻易蒙混过关
住在电子西街一号的高层
跟被我在乡间惊飞的小鸟聊天

水 仙

城市是你深居其中的梦里情人
被你推至彼岸，把你观望
——至少有那么半天
你在她的阳台上侍奉一盆水仙
却与她无关

此前，你被人家的大狗遛了两个直角
看见雏鸟似的块茎在小推车里摇晃
你身上寄养的城市钢铁侠
这就被尚未长出的浪荡绿色缠上啦
你想说，山水草木的野蛮啊

当时你的脚心正与盲道的斑纹摩挲
你心里，装填的是黑土黄土
所有坚硬所有的直角突然消失了
你手捧水仙的根茎往家里赶
根茎在你手里生长这是不争的事实

水仙花开啦，像佛殿的银灯
给了阳台十来天的圆满，这段时间
你软绵得不能给城市画眉

不能考虑拆迁、改造、贷款
你把你的城市晾在一边

直至水仙枯萎，花盆破碎，阳台散落
你搬到一个更城市的小区
你说——嗷，我的城市我的情人
我们的围墙厚实吗
我们的防盗门瓷实吗

夜与莺

把中药和修辞掺进鸣叫
再加点舌尖轻擦的呓元音
就是城里的鸟

此鸟没能避开夜莺的名讳
此鸟叫夜莺莺　昵称莺
如果莺到灶上煎药
天上人间的牡丹亭就少个主角

于是莺击长城
鹰击长空就错了
莺的舞姿更爱江山
英雄的太极拳就错了

时时刻刻莺在跳跃
麻雀们的扑腾就错了
偶尔咳嗽的莺被大师征用
羽毛本身就错了

从此，夜更喜剧
从此，莺更戏曲
从此，只拿夜和莺组词

从此得到夜，也得到莺
夜可以更浪漫
莺可以更现实

赵　忆

秦城的赵忆最后把根扎在楚城
他有自己的城市居住史

早年他认识楚城几个人
他把他们叫"那些货"
楚城不少事儿
赵忆如数家珍
都与那些货有关
好像楚城的欢笑是那些货招引的
楚城的烈酒是那些货喝掉的

说着说着赵忆索性去了楚城
十年不见人影。杳然的赵忆
眼看要从秦城的记忆中消失了

后来每个腊月
赵忆都会在老家秦城现身
叙说最多的还是那些货
他说三两年大家能见上一面
至于他在楚城的同事
他说天天见面，但不熟悉

是啊　赵忆熟悉楚城那些货
三两年他们能见上一面
赵忆是灵便实在的微型货车
整日拉着那些货
在人头攒动的都市
过着史料生动的生活

秦 砖

在古城巨大的广场上
俩青年长得像兵马俑
他们盯紧我，说话简约
——秦砖，古董，要不

我看看四周
今年的春花虽败犹荣
远处的古城墙青中透蓝
喷泉水幕上
光粒奇异但不虚幻

一切合理
包括兵马俑青年
包括兵马俑青年藏有秦砖
我问他　这砖是嬴政定制的？
土坯中掺有范杞梁的骨殖？
一哭倾城的女儿泪炼的泥？

如此调侃
最终折磨的是我自己
倘若手边真有一块大秦的砖

它的冷艳能赛过秦时明月
它烫手的程度
定能超过寒窑里的烤山药

只是它的配方配比中
到底是范郎的白骨多——
孟姜女的泪水多
还是秦皇的心血多

城市攻略

如果你家的视频里总是在攻城
请抄录如下城市攻略

躲过至少一粒子弹
顺便能躲开一些流言
而你要呼啸着来回穿越
串联罕见的归属感

织出半张蜘蛛网
保护你的右脸
左脸交给蚊子
加持打肿脸之后的尊严

把天后的唱片藏在冰柜里
三天后能听出少女的痛感
那些脆生生溜出城门的电声
能传染无法治愈的自闭症

跟讨厌乡下婆婆的女孩恋爱
给她养生美肤的物质和精神

她会成为乡下婆婆的高仿经典
守卫你的儿子和你的平方米

给下水井盖拍张大头照
用它的方法论解决七个问题
然后盯住它的扁桃体
想象它所容纳的生命

做一世远方岭上的驮牛
瘦成沙漠里的骆驼
把满城白鸽变成算盘珠子
兴许你能理解你的城北城西

去打捞一艘沉船
化作一粒三千米丝线的蚕茧
给鸟儿、乞丐、真假道姑们充值
也许你能守护你的城东城南

如果你家的视频里还在攻城
那就让他攻吧
暴力美学老掉牙了
美丽都市的暴力这才开始吧

天桥上的和尚

1

天桥上有个化缘的和尚

当时正在下雨，人缩着踧着
细碎的脚步肯定不走远路
不过，最近的路也得跋涉

雨滴向下，烟雾朝上
丽伞起伏，一朵又一朵
树叶晕染湿气
让长街更像河床
橡胶、合金、防雾灯的光
在桥下流淌

因为服饰别致
在迷离的长河中
那个和尚最像摆渡的人

2

你说如今的和尚多是假的
那么你心里的和尚肯定是真的
可是雨水直往骨头里淋
和尚真假的问题
多么扭捏
答案也会荒唐

在雨水淋漓的天桥上
有人身着僧服
像个摆渡的人
要布施你就布施吧
他念的经咒是对路的
你的善念是真实的

3

眼前的天桥
是名牌大学的彩虹桥

桥面较长，免去了阶梯

一端伸进生机勃勃的情商里
一端淹没在诠释汹涌的典籍中
桥下的洪流
一条向右，一条向左
桥上的细流
忽而下坡，忽而上坡

一切都令人感动
一切都在打点我们的前程

灰色僧服化缘的人
给自顾不暇的生灵施礼的人
烟雨蒙蒙中想摆渡的人
此情此景中最模糊的人

孙散的眼疾

孙散发誓要下功夫治治眼疾
他相信通过眼科仪器
能修复他与人类的关系

当然，孙散不是外星生命
不是花鸟虫豸，不是怪力乱神
男士孙散，出自城市的老宅
一个百余人团队的主宰

他只是看不见扎堆的人群

楼脊伪装的地平线他看得见
还打发信鸽去跟那儿的摄影师聊天呢
亲朋、下属、上级他看得见
还为他们操办一件又一件事儿呢
尽管办麻友的事损害了酒友的利益
给女婿办的事让女儿伤心了三年

孙散就是看不见扎堆的人群
这种神道、真实、隐蔽的眼疾
在春天的团队大会上露出了破绽

那个清晨孙散梦见十里桃花而非一瓣
心情洋溢，召集整个团队亲自训话
尽管人群看上去只是茫茫桃花的肉色
孙散一个时辰的讲话未缩短也未超时

一个时辰，台下发生了许多事
先是两人小声争吵，而后人群混战
一地零碎被闻讯而来的宠物们叼走
嫉妒者趁机毁了两张该嫉妒的面容
暗恋者拿全身挤压梦中情人……

伤害、兴奋，甚至一条人命
集中在人堆里，孙散真的没看见
直至他被免于刑事处罚同时被免职
直至某法官嘲笑他的眼眸跟人类犯冲
他这才指天发誓，要治治眼疾

一二个，一流的，眼科医生
——目标锁定啦
孙散一下子看到了希望
根据他的视觉经验
他需要的个体
注定会在他的地平线上出现

守 时

你不守时，你看阳光断裂了
华灯的蛾子在玻璃碎片中张望
你那些线条包在时空的馄饨里
你和朋友们一起品尝
恍惚间，彼此感到似曾相识

我不守时，我正在一点点消失
时间噼啪作响，性情暴戾
用我的细胞圈出人群的栅栏
不过，那是另一群人
不是我应该牵手舞蹈的原来的人

那个守时的人在路上狂奔
给黄昏的路面覆盖上一条清晨的路
他腰带像尾巴，鞋子拎在手里
他音速、光速、瞬间转移，甚至
前因尚在萌芽
后果已被他吞食

彼 岸

彼岸在马路对面
她的边际线
像紧绷的弓弦

她的每一片阳光
都有自己的主人
从不四处张望

她的熏风是她的孟婆汤
一缕刚一抵达
就把另一缕割断

她的时钟坚定从容
拈花微笑的心理医师
香火正旺
他是调钟的人

她的美容院
她的补习班
她的社保局
她的工资单

她的萤火虫爬满楼宇
荧光素酶的小屁股
磷火殷勤的小气球
让她飘浮，如梦如幻

渡过去
强渡过去
只有偶然的车祸
没有到不了的彼岸

石头街

不论我在哪个城市
母亲都会说，凡事用心
你在石头街上

是啊，我的确不在玩具城
不在天使之城或暮光之城
不在云裳繁花之城

石头在城里的忙乱
我亲眼所见
它们像密集的汉字
它们还往楼上攀爬

有天突然想起
这些石头大多来自山野
容纳坚硬也不该嫌弃柔软

于是心中一块石头
眨眨眼，翛然失踪
我一下子坠落虚空
饿得像一本《周易》

没几天，全城的石头
包括那块打碎窗玻璃的顽石
像老家的牦牛肉，将我填满
于是儿子出生

母亲说孙子生在石头街上
乡下也是干旱少雨
多不容易

惕然的我至今恐慌
担心孩子身上
隐藏着石头记

石头上播种

在花岗岩路面上收获了一个微笑
微笑陌生、年轻，迎面而来
我连忙以笑回报
虽然局促，但是真诚
真该感谢满地的石头和混凝土
它们质地紧密，负累沉重
长出一朵微笑多不容易

或者，在石头上播种微笑
连夜生长，黎明时分开放
每张脸都是它们的太阳
因为面孔众多，石头更多
说不定这是城市的优势……
想到最后我哑然失笑
到底是乡里来的，想的还是种地

次日在街上收获了几朵浪笑
另几朵笑容不可名状
我大吃一惊。难道

大家都是乡下来的
深谙播种、移植、嫁接
早就劳作，热火朝天
早就转基因，酣畅淋漓
在石头上，在混凝土上
种出了笑容的全部谱系

进　化

想了解城市的进化
就去石头街尽头看看
大师的石雕
和石雕的大师
两样都紧闭着嘴唇
不断回忆从前的言辞
两种目光越过芸芸脑袋
漫向云端

美丽的讲解员总是在那儿感叹
他们连赞美都听不见啦
他们真是大师啊

其实，城市从来不用言辞
它只用模板和涌动的情绪
其实，仔细琢磨每块石头的形制
你就会知道
石头多么愿意做你的骨头
支撑你仅有的血肉之躯
在漫长的石头街上行走

虽然坚硬的东西越垒越高
总有一天会垮掉
但是柔弱也刻在石头上
待石头散落一地，彼此张望
柔弱会盖在它们身上
给它们疗伤

你恍然如梦
回头时，看见城市的胆结石
被一场狂欢收藏
城市的肾结石被切片
出现在寻常人家的餐桌上

而居民的心脏外挂在腰间
像宝石或陨石
最差的也胜似花岗石
好看，耐看，无畏，坚强
没有心肌劳损
更不用心脏搭桥

衣

鞋子穿走了长远
又跟着流浪汉去了明天
帽子节制美梦
也给噩梦边缘

实践检验了裤带的好处
想象力规范拉链
纤维的垂感替骨头补钙
垫肩能掩饰脊梁的缺陷

布料软化镣铐，成为扣襻
布料的柔软放逐烂漫
衣裙的下摆越长
放逐的道路越远

色彩补偿童年
内衣偷吃人生的温暖
时间的大氅里
人人秀色可餐

理智的圆为喉咙把关
围巾是风的伙伴
历练的美聚焦在标签上
衣服上身时就把它剪掉

可是，披肩滑落了
最厚的肚兜也不是防线
领带系好啦
最黑的袜子都该灿烂

剩下一张脸
让所有衣物
充满风险

女 鬼

吸血鬼
一只好莱坞的鬼
历尽千年磨难又被盗版
出现在我的电视上
那么生动活泼

家里有易经金刚经
如此至罡至阳的一切
是家的血液，家周围的气流
一只女鬼如何进来的
她不食人间烟火但是她吸血
说明她有血有肉

问题肯定在主题墙上
过去的主题墙是神佛的
稍近一些是领袖的
如今主题墙被电视占据
电视嘛，什么都能进去
何况一只鬼

这是只男鬼倒也罢了
好让我多个朋友对镜自省
可她是一只艳丽的女鬼
明知她的牙齿是好莱坞的装备
我与她之间还是发生了一切
我血脉偾张怒目圆睁
企盼自己国度的女鬼莅临

我们的女鬼不吸血
我们的女鬼，只吸我们的精髓

雨天时空

雨天的窗玻璃
删掉室外许多细节
人群疾速消失
好像被一张网捞走了大半

漏网之人有漏网的道理
比如在梧桐树下约会的
在石榴树下吵架的
伸长脖子呼儿唤女的
疏通车流和下水道的
一时茫然不知去哪儿的

某个时候
为何眼见的人都不陌生
而你想说点什么时
他们似乎在另一个空间

这个芸芸众生的居所
在一场又一场风雨中

用时间容纳人
用空间调理人

玻璃在流淌
是雨水的杰作
视网膜在流淌
是我的都市传说

筑　巢

燕子，快在蜂房边筑巢
燕子，紧挨着蝶蛹筑巢
在空调管线的洞孔里筑巢
大家不是乡下的啄木鸟
不会抱怨你的来历
也不会到你巢里打扰
至多看看自家巢门是否锁好

别忘了在北京的鸟巢筑巢
到白宫的装饰性烟囱筑巢

别忘了在鱼缸那儿筑巢
如果鱼儿有奇妙的记忆
会歌颂你的燕窝
虽然鱼是沉默之子
尤其是鹦鹉鱼

在光纤两端的盒子里筑巢
在木马病毒的刨花里筑巢

凭借你身上的羽毛
去文化产业孵化园筑巢
生一窝斑马线宝宝
但是你不能择邻而居
而且，你生的宝宝
你可能不认识

在地标建筑图纸上筑巢
在图书馆每本书里筑巢

起居室的平行空间里就可以筑巢
以便安置燕子祖先
或王者凤凰
尽管他们是言辞之父
还不来常住

在桑烟凝聚，或圣歌悦耳
或有个弯月的屋檐下筑巢

别忘了你自带的黑与白
昼夜晨昏会不请自来
在平原，在山间，在水上
只要你口衔陶泥

都市之巢就能拔地而起

在城里筑巢
在城里筑巢

可怜的城市
他三维构型的蛋白质卧具
反反复复纺造、折叠、编织
只待你双翅合拢
飞弹一样投进去

不好好说话时你说：就去广岛筑巢
好好说话时你说：到香格里拉筑巢

半个世纪的荷花

在某个间歇
我是清醒的
更多时候
我的迷醉像宅男遇上了手游
在另一些间歇
我依然清醒
能把灾难驾驭到尽头

在又一个清醒难耐的时刻
我让灾难集结
让自己受伤
其实，我早就在我的伤口里
长期潜伏
像嫩枝与老树桩的
一次次成功嫁接

在这个伟大的光阴中
我的藕
委身淤泥
像学问深处的情节
从不在阅读中发生

也是一个个心理学描述的情结

玲珑但是无解

我始终不知道为什么盛开

或许盛开

才能对强暴免疫

或许盛开

是我自产自用的疫苗

要么我真的美丽

要么我看日月的脸色行事

至少，我是空穴来风的行动者

在慢摇的水波的光影里

我盛开

雪人没有时间

感谢跑马场一样宽阔的帽檐
若不是阴影从鼻尖上下来
白茫茫的大地上
我找不到一丝时间

时间的老石头
从指缝和唇齿间滑落
受伤的脚趾
像凝固在山腰的白驹
于是时间真的失速
太阳偏西而大象东行
花儿们脱离了草本木本
一边飘浮一边开放

太阳的金子从不吝啬
洒在雁鸭身上
就是贵金属的吟唱
泼在山巅的
是价值连城的传说
涂在人身上的
是一种叫藤黄的颜色

时间的布施者愀然出没
像纠缠的蒙面的
黑蛇白蛇
时间布施者
干的是打劫时间的活
我看见堆雪人的人失去了从前
看雪人的人失去了往后

冬天了，谁都没时间啦
我该学会擦肩而过
与堆雪人的我
与欣赏雪人的我
与那个名叫雪人的我
虽然我知道我可以堆砌雪人
欣赏然后看着他
从冬天的尽头逃走

大雪这天

读了一整天的雪
没见一片雪
想起早上央视的天气预报
"今天中国雪很少
北美雪也不多
欧洲的雪很丰盛"
好像欧洲人爱肉，不嗜雪
何况北美雪也不多
也就心安理得
就这么
过了个胸怀天下的大雪

其实没雪也无所谓
我们还有风，有花
还有不太残缺的月

交通导航图

道路从颜色里长出
去纠缠另一些色块
使其紊乱的那颗心
放大镜遍寻不见

路上的新娘
没机会从头设计婴儿的星星
死胡同比上天的路更长
走到尽头才能折返

羊肠小道无须规划
爱走你就走吧
踏出小道的羔羊
正在多功能休息区喘息

道路淹没了河流
精彩的鱼逐路而居
道路撕裂了天爷的围墙
心路成为现实。要上道吗

请准备口香糖
忘掉北斗星
请准备晕车贴
丢掉嫦娥的药

请选择公里加时间
忘记前生和来世
请背诵与请关联的词
屏蔽道路忌讳的词

大唐芙蓉园

大树举着几只鸟儿
鸟鸣，这拼图似的梦魇
在喷泉的节奏中渐次对接
这是鸟儿该有的生活
奢侈的树枝
褴褛的风月

鸣啭如铜管，几度缠绕
给我的羽衣些微骨感
情人镀铬，飘飘欲仙
直到流光祭起
浅水里优裕着
一群中国红的鱼

那是些鹦鹉鱼吧
正在用成语的惯性
刻录鸟鸣的光盘
让人明天迷失
但今天总能解脱
让人操持钓饵钓竿

上钩的光盘

大唐盛世的鱼

有的宫门清炖

有的蜗居红烧

有的在另一汪死水中

施咒放生

流沙赏花

流沙在平安驿赏花
平安驿在高原
总是风雷交加
山地爆发一下
裂为条条缕缕
像披头散发的菊花
河床的茎，弯弯曲曲

流沙在花中飞舞
剪枝裁叶
留花香三瓣
至多九瓣
放在微信群里

于是我知道他还活着
花儿也开着
在一个叫平安的地方开放
多么确切
时时刻刻的赏花角度
如同在说：火焰也开放吧
石头也开放吧开放吧

鼠标（1）

在融合与挣脱的立锥之地上
性情诙谐，表情严肃

现在你把空荡荡的天地留给我
我像所有极端的极端分子
触碰天使的翅膀
又抚摸恶魔的脚踝
名词的情节花一样张开
水墨一样逃遁

播种的繁殖的器具
如附骨之疽
在我的光电里
兀自播啊种啊，一时间
天空里的生长良莠不齐
大地上的生长善恶难辨

而我，在方寸之间
把自己的寿命丢进回收站
依靠命名就能

不断改变因缘。变不了的
是稍纵即逝的拖曳之路
是啮齿叩击谷物的猥琐和窸窣

支撑我的猫轻微地呼噜着
在不远处闪烁

鼠标（2）

小心鼠标点化你
成为水一样的暗恋者
在镜子的边缘潜伏
偶尔画龙点睛
布施帝王的执着

你就那么从你的躯壳里
汩汩流出
漫过几根粉丝
注满淘宝的鱼缸
养几条梦游者健忘者

你流淌着
在撒谎者的军港里眩晕
裹挟臆想者
任由自缢者的绳索幻化为
旋涡里打结的蛟龙

你流淌成你的江河
淹死逆流而上鸣叫的鱼
淹死一些自由泳者

再拿惨白的鱼鳞

装点失落的人

次日你的爱人

将你的躯壳误挂在晾衣架上

觉得你似曾相识，就像

扔几次也没舍得扔掉的

亚麻睡衣

秋季返乡

从西安到西宁，身上要多件衣服
草木蓄势待脱，眨眼间
就能看见盛大的落地无声
运载我的合金不再掩饰它的寒意
它碾轧的道碴石，因偶然被破碎
就在安与宁之间鼓劲屏息

所有情节中，光的花瓣纷至沓来
光的种子深植在速度里
私藏一粒谈何容易
所有情节中，我的行程被我忽略
我的行程中，被我忘却的
是最好不要在秋天返回故乡

亲友们忙着攀摘果实
果实不比铺路的石头多
我不忍心占用任何亲友任何一点点
摘果子的时间

入　门

我不是客人
不能以一束玫瑰的暧昧
进你的门

我不是力量本身
不能以百万雄兵的洪荒之力
攻破你的门

我不能像胎儿
以寄生的重重密码
藏进你的门

我不能像岁月的化石
以莫名的直白骨感
进你的门

因为有人偷窥揣测
我不能像雄狮一样
欢呼着入门

因为你被命名，以鲜花
我不能是一场冰雹
砸烂你的门

因为我被命名，以坚果
就不能像动人的逸言
溜达进你的门

如果你不再关怀阳世
我不会为了得到你擦口水的手帕
披麻戴孝进你的门

因为你被解剖学深切关怀
我就不是探险家满怀期待
更不是赌徒义无反顾

你这生命之门灵修之门
你这异性之门终结者之门
这漫长的入门行程，看顾我

简单感性的高潮
因为我的呼吸尚未质变
就被你复制

可是你不知来者何人
我亦无法考证
进入的一定是我

因为你允诺平等
我不能跪伏、祈祷、讨要或者指望
不能拿这些，欺辱你的门

阳光雨

云搭起房子，开始它的孕程
人世间也是风起云涌
阳光尚在，几滴雨早产
一切似乎有点儿奇妙
杯子里翠叶渐次盛开
手舞足蹈的人，从彩陶上滑落
这些尚未落实于舞台
舞台上一叶扁舟
已晃晃悠悠远去

雷声过后雨滴依然清晰
牧羊人披着他的草原
奔跑在经咒和牧歌之间
他的公羊殷勤蹦跶，接待闪电
母羊挤在一起，眼瞅着
小羊羔粉色的嘴巴
挤出了群山的栅栏

如果虚空没有含义
就该阳光雨一样早产
像众多的人生

也有捕捞星星的人

前山后山捕捉雨滴

可是，不论阳光雨多么清晰

他也留不住任何一滴

来豢养他那一对不孕之鱼

云不会终止孕程

太阳无法熄灭热忱

我们的世界照例风起云涌

却又密云不雨

我们可以在彩陶上舞蹈

在羊群里歌唱

在山河间捕风捉影

我们可以胎动

如果早产，对不起

你不是阳光雨

你只能坠入另一个孕程

或者，胎死腹中

在一条名叫瞿昙的小河边

认识水的方式是你化为一滴水
在水中，投生于另一滴水
生下比水还小的几滴水
大家一起随波逐流
要么兴风作浪

大家一起激流进退
让船漂荡，让船倾覆
给海盗的女人闪一点朝露
给姜尚一条鱼
给川上的子一个世纪的回旋

还可以在水中忘情
在水中混沌
在水中上色
在水中下雨
在水中流泪

在水中

慢慢让自己聚合

成为原来的那一滴

借助豆娘之力

悠然上岸

现在你看

你的空樽里

有一粒太阳的青盐

晶体光洁

构型简单

后 记

"现在你看／你的空樽里／有一粒太阳的青盐／晶体光洁／构型简单"，这是我的一首小诗的最后几句。本书书名就源于此。青盐是青海地产石盐的俗称，等轴晶系，晶体呈立方体。阳光是其成型的主要外力。

在我眼中，汉字就像一粒粒青盐，坚而脆，又可融化。

几乎在迷恋上诗歌的同时，我对汉字有了一种莫名其妙的敬畏。这几年，我写下一些关于汉字的自娱自乐的话。例如："汉字就摆在那儿，不用拼读，不用还原，不用言说，它就在那儿，它是一粒一粒的事实。它的构型，先是设立时空架构，再添加精神投射物或时空容纳物。这让每粒汉字在时间、空间、型格、态势和质量上是自足的，使汉字这种符号，在组词造句形成文章之前，就能够罕见特殊地叙说时空故事。可以说，汉字是时空结型文字。""探求汉字缘起和给汉字形态命名是两回事，如同不能拿猿类的本质指称人类的本质，我们不能拿象形等指称汉字的本质。否则，就会把汉字无辜送进懒人语言学诊所，或西式语言学的病房里，进而引发汉字启蒙、传承、使用、变易方面的系统性问题，造就一个坏的汉语言生态环境。"

所以，我希望汉语圈诗人首先是个敬重汉字的人。

关于字词的基本元素，我看到的不是名词、动词、形容词，不是一笔一画，而是人的感官给定的时空，那是约定俗成的时空，心灵的时空被排除在字词的基本元素之外。这让人们在描述诸如多维多向时空时，格外费口舌。这绝对是诗歌、宗教文本或科幻文学的藩篱。音乐、绘画甚至书法不受此规制。诗歌里，使用的字词越多，诗歌的时间就越单向、空间就越狭窄。因此，诗歌语言要尽量节制，宁缺毋滥，这是我排斥形容词的原因。汉字诗歌要想上天入地，练达简单即可。一部《道德经》，就是汉字表达宏大思想时不同于拼音文字的明证，也是诗人最好的范文。

既然如此麻烦，何必读诗写诗。有位诗人的情况最能回答这个问题。诗人毛泽东。智慧、理想、权力……他拥有太多，可是他得写诗，他的诗比他的常胜之师柔软，比他的哲学巨著坚强，比他的潇洒书法更淋漓尽致。就是说，诗歌能到达其他文本和其他艺术形式到不了的地方，这是诗歌存在的原因。

在写一首幻想月牙泉成为城市的诗时，诗歌的内在时空顺出这么几句："月牙泉城的少女不长翅膀就能腾飞／飞翔是她们唯一的职业／她们飞临哲学追索不到的地方／她们飞抵上帝梦见的地方……"此处，把诗句中的"月牙泉城"改作"诗歌城"，就是我想说的意思。顺着这个意思猜测，"哲理诗"是分行的哲学论断；"爱情诗"是分行的情书；至于"打工诗""学院诗"的分派法，离诗更远。我不能掉进这样的陷阱。

中华民族尽得东方智慧的精髓，成为拥有诸多特质的民族，当然也是诗歌民族。尤其是汉字，曾经摞起了那么高大的诗歌建筑群。可是不知从何时起，我们不会写诗了，在诗中说话龇牙咧嘴。于是理论铺天盖地。

　　我喜欢诗歌理论，厚待每个诗人对他自己哪怕片言只语的诠释。我的阅读，理论读物多于文学作品，可是，一旦书写诗行，我就把"理论"忘啦，忘了别人的，也忘了自己的。这与我随意任性的人生有点相似，时而洒脱，时而尴尬；时而追逐文字却被文字抛弃，时而我背叛文字却被文字包裹。

　　出于同样的顾虑，在我读诗写诗的过程中，我只顾埋头看待自己、周边眼见的感知的一切，自己与这一切类似亲人或姻亲一样的关系。不论年龄增长，见识增减，以诗歌的眼睛远近探看时，永远如同一个孩子初涉人世，又如一缕年迈的游魂历经沧桑。这样，我可以在一个忘乎所以、悲天悯人的界面里，看见世界上最坚强、最柔软的存在，抚摸人群中最坚强、最柔软的根性，挥动自己最坚强、最柔软的感念。

　　既然有点文化知识，案头有《新华字典》，我的诗别无他途，无法向下、偏左或朝右，唯有向上。尽管我的诗说"我是大家的水／大家逐水草而去远上蓝天／我，跌进了深渊"，但是，也经常"邻家笑起飞天女／隔壁端坐来世佛"；或者，"喝酒的人／无法和自己的想法待在一起／他见不到自己的影子／他把影子留在土里／他从村庄上空飘走"。

　　当下诗歌逐步回归其本性，不能养家糊口，不能博得功名利禄，但可以赚得友情，可以丰富文化宝库，这才是诗歌的福分，是诗歌永不堕落的原因。所以，诗人有的是时间写好诗歌，几年磨一首也可，社会不会催你，孩子的奶瓶也不会催你。唯一拖住你、鞭策你的，只是你诗人的良知。如果有人读诗发现"诗歌"堕落了，那么他读的绝对不是诗歌。

这也是我现在愿意出版这本诗集的原因。

当然，如果没有杨争光、马永波、刘晓林等朋友的长期关怀，我肯定还在沉寂中。我一直心存感念。

王建民

2018年4月